英美文学与文化探索

李文吉　张晓玲 ◎ 著

吉林出版集团股份有限公司

图书在版编目（CIP）数据

英美文学与文化探索 / 李文吉，张晓玲著. — 长春：吉林出版集团股份有限公司，2024.4
ISBN 978-7-5731-4829-2

Ⅰ．①英⋯ Ⅱ．①李⋯ ②张⋯ Ⅲ．①英国文学－文学研究②文学研究－美国 Ⅳ．①I561.06②I712.06

中国国家版本馆CIP数据核字（2024）第081642号

英美文学与文化探索
YINGMEI WENXUE YU WENHUA TANSUO

著　　者	李文吉　张晓玲
责任编辑	张继玲
封面设计	林　吉
开　　本	787mm×1092mm　1/16
字　　数	152千
印　　张	13.5
版　　次	2024年4月第1版
印　　次	2024年4月第1次印刷

出版发行　吉林出版集团股份有限公司
电　　话　总编办：010-63109269
　　　　　 发行部：010-63109269
印　　刷　廊坊市广阳区九洲印刷厂

ISBN 978-7-5731-4829-2　　　　　　　　　　定价：78.00元

版权所有　侵权必究

前　言

在人类文明的浩瀚星空中，英美文化犹如两颗璀璨的星辰，以其独特的魅力与深远的影响，照亮了世界文化的版图。从古老的历史积淀到现代的创新发展，从深邃的哲学思考到生动的艺术表达，英美文化以其丰富性、多元性和创新性，成为全球文化探索中不可或缺的重要组成部分。本书旨在深入探讨英美文化的内涵、特点及其在全球化背景下的影响与演变，同时，也将关注文化探索的过程与方法，以期为读者呈现一幅全面而深刻的英美文化图景。

英美文化，作为西方文化的杰出代表，其独特魅力首先体现在深厚的历史底蕴上。英国，作为欧洲历史最为悠久的国家之一，从盎格鲁-撒克逊时期的英勇尚武，到中世纪封建制度的兴衰更替，再到工业革命带来的社会巨变，其文化在历史的长河中不断积淀与演化，形成了今天我们所见的独特风貌。而美国，虽然历史相对较短，从欧洲移民带来的多元文化传统，到独立战争后形成的民主自由精神，再到20世纪以来在全球范围内的文化输出与影响，美国文化以其独特的开放性与创新性吸引了全世界的目光。

英美文化与文化探索是一个广阔而深邃的课题，它涉及历史、文学、艺术、科技等多个方面。通过文化探索，我们可以增进对不同文化的理解和尊重，拓宽视野与思维，促进文化的交流与创新。

由于笔者水平有限，本书难免存在不妥甚至谬误之处，敬请广大学界同人与读者朋友批评指正。

李文吉　张晓玲

2024年1月

目 录

第一章　英美文学概述 ... 1

第一节　文学理论 ... 1

第二节　英语文学研究方法论 ... 14

第三节　英语文学理论发展研究 ... 18

第四节　文学批评理论的指导意义 ... 25

第五节　文学教育及其重要意义 ... 31

第二章　英美文学思潮与风格的演变 ... 39

第一节　英国文学思潮 ... 39

第二节　美国文学思潮 ... 80

第三节　英国文学的风格与特点 ... 108

第四节　美国文学的风格与特点 ... 112

第三章　当代英美文学语言艺术 ... 128

第一节　英美文学作品语言美 ... 128

第二节　英美文学作品的语言运用 ... 131

第三节　英美文学作品中的模糊语言 ... 137

第四节　英美文学语言的审美性和艺术性 ... 144

第五节　语言学意象化的英美文学范式 ... 152

第四章 英美文学的精神价值与意义 ... 159
第一节 英美文学的人文主义精神 ... 159
第二节 英美文学的理性主义价值 ... 168
第三节 英美文学欣赏的意义 ... 171

第五章 英美文学中的文化镜像 ... 183
第一节 文学与风俗习惯 ... 183
第二节 文学与历史记忆 ... 190
第三节 文学与地域特色 ... 196

参考文献 ... 208

第一章 英美文学概述

第一节 文学理论

一、文学理论的研究对象

文学理论是一门人文学科,一般认为,文学理论是文艺学的一个分支。文艺学是研究文学各门学科的总称,最初称为"文学学",即关于文学的学问。因为"文学学"一词不符合汉语表达习惯,所以,习惯上又称为"文艺学"。文艺学包括文学史、文学批评和文学理论三个分支。这三个分支的研究对象及知识构成方式的区别在于:文学史主要从纵向历史地考察文学的产生、发展、演变的状况和规律,分析评价具体作家、作品的思想艺术成就及其在文学史上的地位和影响,揭示不同历史阶段的文学现象同当代社会的关系及其源流演化的过程。文学批评侧重于从横向阐释具体的文学现象,评价文学创作的优劣得失。文学理论以人类社会的一切文学现象作为研究对象,阐明文学的属性和规律,从中发现并建立起文学的基本观念、概念范畴、基本原理及研究方法。文学理论的主要内容通常指文学本体论、作品构成论、文学创作论、文学接受论、文学发展论五个方面。

同时，文学理论与文学批评、文学史之间也具有非常紧密的联系，它们往往相互渗透、粘连在一起。正如韦勒克·沃伦所说，文学理论不包括文学批评或文学史，文学批评中没有文学理论和文学史，或者文学史里欠缺文学理论与文学批评，这些都是难以想象的。显然，文学理论如果不植根于具体文学作品的研究是不可能的。文学的准则、范畴和技巧都不能凭空产生。可是，反过来说，没有一套课题、一系列概念、一些可供参考的论点和一些抽象的概括，文学批评和文学史的编写也是无法进行的。正因为如此，有的学者认为，文学理论与文学批评实际上是一回事，都是对于特定文学现象的理性思考，所不同的只是它们的侧重点：文学理论侧重于在对特定文学现象的分析和评价中提取出有一定普遍性的概括，而文学批评则侧重于对特定文学现象的分析和评价本身。两者体现了同一个过程的不同方面。

文学理论作为对文学普遍问题的理性思考，具体表现在以下几个方面：

（1）科学性。文学理论有着自己相对严谨的知识系统、概念范畴、形态范式和研究方法。从知识构成和理论逻辑的角度来衡量，它完全具备了科学的特征。由于文学理论的研究对象是人类社会中那些具有精神性和人文性内涵的文学现象，因而它很难像自然科学那样具有严密的逻辑性和精确性。文学理论的科学性主要体现在对文学规律的探求上。科学的含义包括人类寻求知识的努力。文学理论研究归根结底是一个求真的过程，它传达着人们对于真理和知识的追求，它对于人类认识文学、认识人生、认识自然和社会、认识自我等都具有其他科学不可替代的作用。文学理论的科学性，要求坚持马克思主义的世界观和方法论，研究分析和科学总结文学活动的实践，透过复杂的文学现象把握其内在本质，提炼出规律性认识。文学理论是否具有科学性，必须接受文学活动实践的检验，只有被实践证明是正确的文学理论，才能发挥科学的指导作用。文学理论的科学性还要求其知识系统与时俱进，在解释文学活动的新情况和新问题中更新和发展。

（2）开放性。文学理论是一个永不封闭的动态系统。从历时性看，它合理地吸收前人丰富的文学理论研究成果，借助它们来丰富充实自己。同时，它又向当下和未来开放，随着社会的不断发展进步，也在不断改变自己的理论面貌，不断接受人类新的文学观念、文学研究方法，从而形成新的多样化的文学理论范式。所以，在时间上它没有终点，不断地向过去、当下、未来开放，新的理论元素持续地介入。正因为如此，有的学者提出"文学理论就是文学理论史"的命题。从共时性看，文学理论可以灵活自如地向各个学科、领域开放。正如美国学者卡勒所说，理论是一种思维与写作躯体，其限制难以界定。由于变得无法限制，文学理论成了一系列没有固定界限的评说万事万物的各种著述，涉及人类学、艺术史、电影研究、性别研究、语言学、哲学、政治理论、心理分析、科学研究和社会学等广泛领域。文学理论本来并不存在固定框架，而是向各种媒体、各门人文学科甚至自然科学开放。一方面，它借助它们而丰富自身。另一方面，它给予它们以一定的影响。从这个角度上说，文学理论具有文化理论的色彩。

（3）中介性。文学理论借助于哲学、社会学、历史学、语言学、心理学、人类学等学科的知识和方法来解决自己的问题，却很难见到上述学科借用文学理论的知识和方法来解决它们的问题。这是因为，文学理论不是一种"原发性"的理论形态，而是一种"继发性"理论——它是人们从某种"原发性"的理论立场出发来解释或操控文学实践的中介环节。这便形成了文学理论的中介性特点。中介性表现为：一端是作为人类精神活动的文学现象，另一端是同样作为人类精神活动的"原发性理论"，文学理论介乎其间，承担着沟通二者的天然使命。例如，儒家用其儒学思想看待文学问题时就产生了儒家文论，道家用其"老庄之学"来观照文学现象时就形成了道家文论，柏拉图用他的理念论哲学观审视文学时就产生了柏拉图的文论思想，海德格尔用其存在论的现象学视角来考察文学时就产生了它的存在主义文论观等，古今中外，概莫能外。因此，可以说从来就没有纯粹的文学理论，它的背后总有某种依托。从文学实践的方面来看，文学理论毫无疑问是文学的派生物。文学现象呼唤解释，因此文学理论才能应运而生。如文学理论除了受控于某种"原发性"理论之外，还要受到文学现象的直接制约。

（4）实践性。文学理论是对古今中外一切文学活动实践的总结，它的出发点和基础只能是文学活动的实践。而且实践是检验真理的唯一标准，真正科学的文学理论不但在于这些学说形成之时，而且在于今后为文学实践所印证之日。所以文学理论的实践性特点，不但在于它来源于文学活动的实践，也在于它必须经得起文学活动的实践的检验。文学理论的实践性特点决定了文学理论是一门生机勃勃的科学。先有文学活动的实践，然后才会有文学理论的概括。没有古希腊的神话、史诗和戏剧创作，便不会产生柏拉图的《文艺对话录》和亚里士多德的《诗学》等理论著作；没有中国古代辉煌灿烂的诗歌和散文，就不会产生钟嵘的《诗品》、刘勰的《文心雕龙》、司空图的《二十四诗品》、严羽的《沧浪诗话》，以及王国维的《人间词话》这样众多的文学理论著作。文学理论还必须经受文学实践的检验，并且随着文学实践和社会实践的发展而发展。一些从自然科学或其他社会科学中生发归纳出来的文学理论，同样具有实践性特点。如弗洛伊德用人性本能欲望的冲动、压抑、升华等概念来解释文学现象，认为文学如同精神病患者的"白日梦"，是被理性压抑的无意识深处的情欲冲动的升华。文学的作用在于使作者与读者受到压抑的本能、欲望，特别是性欲，得到一种补偿或变相的满足。这就是有名的"性欲升华说"。这一理论的出现，一方面是基于人类的心理经验和心理事实而做出的概括，另一方面，是因为在文学创作中确实大量存在着无意识干预的现象。事实证明，这种理论具有存在的合理性，因而得到了社会的认同。这说明文学理论永远是生动的、变化的和开放的，而不是僵化的、静止的和封闭的。

二、中西文学理论比较

对中西文学理论进行比较研究，可以使我们更好地从整体上把握文学，加深对中西文学理论各自的特殊性和理论价值的认识，促进文学理论的学科建设。中西文学理论有着悠久的历史，由于知识论背景的差异，它们从开始就具有不同的理论个性和理论形态，具体表现在以下几个方面。

（一）表现与再现

西方传统文学观念重模仿、重再现，中国古代文学观念重表现、重抒情，这是中西文学理论最基本的差异之一。

在西方，以柏拉图、亚里士多德为代表的"模仿说"，关注文学与社会存在的关系，提出文学是对现实的模仿，强调文学再现客观世界的真实性。亚里士多德所说的模仿包括三个方面：按事物已有的样子、应有的样子、传说的样子模仿。亚里士多德的"模仿说"开辟了西方文论的基本路径。文艺复兴时期，以莎士比亚、达·芬奇为代表又提出"镜子说"，宣称艺术是客观现实的镜子，这是对模仿说的形象化表述。"镜子说"，成为文艺复兴时期用来解释绘画与自然关系的一种流行说法。直到18世纪末，模仿说始终是西方文学理论的中心。浪漫主义兴起之后才开始从外在的现实转到内在的情感，产生了表现说。但是，模仿说仍然占据主流地位。19世纪现实主义文艺运动兴起之后，模仿再现说成为主流文学理论。俄国文学评论家别林斯基在很多文章中反复申述"艺术是现实的再现"

的观念。另一位俄国文学理论家车尔尼雪夫斯基也认为一切艺术作品都毫无例外地"再现自然和生活",据他说,艺术作品的目的和作用也是这样,它并不修正现实,并不粉饰现实,而是再现它,充做它的代替物。

中国的古代文学理论偏重表现、抒情。最早的文艺理论是"诗言志",朱自清认为这个命题是中国古代诗论的"开山的纲领"。"诗言志"已经包含个体的社会性情感的表现。古代的《毛诗·大序》对这一理论观点做了具体的阐述和发挥:"诗者,志之所之也,在心为志,发言为诗。情动于中而形于言,言之不足故嗟叹之;嗟叹之不足,故咏歌之;咏歌之不足,不知手之舞之,足之蹈之也。"魏晋时期的陆机在这个基础上明确提出了"诗缘情而绮靡"的主张,具有开一代风气的意义。从言志到缘情,宣泄情感,疏导欲望,"饥者歌其食,劳者歌其事"(《诗经·小雅》),就成为中国文学一个重要的特点。朝着一个方向,即人的饮食男女之欲,喜怒哀乐之情,是不能压抑的,而应该借助文学把它们宣泄出来,只要加以节制而不过度就可以了。所以要以理节情,以道制欲,发乎情,止乎礼义。唐代以司空图为代表的诗论强调诗歌的美感作用,走的就是陆机的缘情路线;明代汤显祖和清代李渔都重视戏剧的表情性,是对这一路线的发展。可以说,中国古代文学理论是以情感表现为核心的,虽然它并不否认文学对现实的再现,但文学理论中的各个问题基本上都是围绕着主体情感的表现这个核心而展开的。

模仿和表现构成了中西文论不同的出发点和基础,形成了不同的理论体系。但就艺术实践的实际情形来看，它们并不互相对立，而是互相补充、互相渗透的。在对客观世界的模仿再现中，不可能没有对现实世界的情感态度；在表现主观情感时，包含了对客观世界的再现。试图用"模仿"和"表现"两个范畴来概括和区分中西文学理论的本来面貌，显然是不够的。

（二）教化与审美

在文艺价值观上，中国古代文学理论和西方文学理论有着截然不同的取向。中国文学理论特别强调文学的教化功能，西方文学理论则强调文学的审美功能。

在先秦时代，孔子便把文学的价值规定为政治、伦理的教化作用。他提出的"兴观群怨"说，直接的功利目的是"迩之事父，远之事君"，明确指出文学要为政治、伦理服务。这对我国古代文学创作和文学理论建设产生了深远的影响。《毛诗·大序》提出诗歌必须起到"经夫妇，成孝敬，厚人伦，美教化，移风俗"的作用，认为诗歌创作要"发乎情，止乎礼义"，"主文而谲谏"。后来《毛诗·大序》确立了儒家正统文学观，明确指出：诗必须"发乎情，止乎礼义"也是说诗歌的言志是包括"情"的，但它不能越出儒家礼义的界限，强调诗歌所抒之情必须经过儒家伦理道德的净化，这是一种束缚。但确立了儒家诗教在中国古代文论中的正统地位。稍后的扬雄又大张旗鼓地倡导文学必须宗经、明道、征圣。后来经过刘勰、韩愈等人的发扬,"文以明道""文以载道"就成为古代正统文学思想中的核心理论。白居易宣称诗文应"为君、为臣、为民、为物、为事而作,不为文而作也"(《新乐府序》)。直到清代,顾炎武还在大肆宣扬:"文之不可绝于天地间者,曰明道也,纪政事也,察民隐也,乐道人之善也。"(《日知录》)总之,中国文学和文学思想中高度重视文学的伦理教化的特性,从孔子的时代到近代"五四"之前一直占据着主导地位,文学的审美特质被遮蔽了。

与中国古代文学理论重功利教化的观念不同的是,西方文艺思想史一直标榜审美的价值观。亚里士多德把"净化"和"精神享受"看作学习音乐的最基本的价值取向。《诗学》的英译者布乔尔认为,亚里士多德对于诗的评判都根据审美的和逻辑的理由,并不考虑到伦理的目的或倾向。希腊时期的伊壁鸠鲁派特别强调诗的娱乐性和优美词句的吸引力。贺拉斯提倡"寓教于乐",他的原话是"诗人的愿望应该是给人益处和乐趣,他写的东西应该给人以快感,同时对生活有所帮助……寓教于乐,既劝谕读者,又使他喜爱,才能符合众望"(《诗艺》)。首先看重的也是文艺的审美娱乐价值,其次才是教育作用。到了康德的时代,文艺的审美性得到了突出的张扬。康德极力提倡审美的无功利性。他说:"那规定鉴赏判断的快感是没有任何利害关系的。""一个关于美的判断,只要夹杂着极少的利害成分在里面,就会有偏爱而不是纯粹的欣赏判断了。"黑格尔也表达过相似的观点,他说:"审美带有令人解放的性质,它让对象保持它的自由和无限，不把它作为有利有限需要和意图的工具而起占有欲而加以利用。"维柯、文克尔奥、莱辛、鲍姆嘉通、谢林、席勒、歌德等美学家都从不同角度探索过文学的审美性质。这一点又与歌德、拜伦、雪莱、华兹华斯、诺伐里斯、爱默生等作家、诗人在创作领域的审美追求相呼应。文学即审美的观念被19世纪唯美主义者戈蒂耶、王尔德做了系统的发挥，这样，文学的审美取向成为西方文学理论的主流价值观念，是西方重要的文学传统之一。诚然，中西文学理论教化与审美的差异也不是绝对的。中国古代文学理论中曹丕的"诗赋欲丽"和陆机的"诗缘情而绮靡"等文学观念就体现了审美的自觉，西方亚里士多德的"净化说"也不能说没有教化的因素，只不过西方文学理论偏重审美的价值观，强调美与真的统一；中国文学理论偏重伦理价值观，强调美与善的统一。

（三）思辨与感悟

从形态上看，西方文学理论偏重理论形态，具有分析性和系统性，带有较强的思辨色彩；而中国古代文学理论则偏重经验形态，大多是感悟式、印象式，带有直观性和经验性。

西方文学理论是一种纯粹的理论思维。它注重逻辑分析的方法，通过一系列文学理论范畴或由诸多范畴组成一系列的命题来演绎某种文学观念。正如叶维廉先生所评述的那样："在一般的西方批评中，不管它采取哪一个角度，都包括以下几个方面：第一，由阅读至认定作者的用意或要旨。第二，抽出例证加以组织然后阐明。第三，延伸及加深所得结论。""不管用的是归纳还是演绎——而两者都是分析，都是要把具体的经验解释为抽象的意念的程序。"（《中国文学批评方法略论》）叶先生的话可谓一语中的。20世纪30年代的中国批评界，大多数学者都采用了这种理论框架结构，朱光潜说："谨严的分析与逻辑的归纳恰是治诗学者所需要的方法。"然而李健吾却是一个另类，他的批评文章大多并不遵循这样的范式，往往率性而为，结构较为松散，并不紧扣文章的主旨，因此，它更像是一篇篇随笔，好像在和读者娓娓交谈，亲切、自然，有时甚至故意要游离主题，绕了一个很大的弯子。亚里士多德的《诗学》，其分析的透辟，论证的严密，体系的纯正，充分显示出一种理论思辨的色彩，当时几乎无人能与之比肩。康德的《判断力批判》和黑格尔的《美学》都有完整的体系性和哲学的思辨性。这和西方从古希腊开始就讲求知、重自然、重科学和理性的文化传统有着密切关系。这种逻辑思辨形式一直到20世纪现象学美学出现才受到质疑。

中国古代文学理论基本上是非逻辑思辨的直觉感悟。它多是诗人、作家对文学创作和文学阅读的经验性总结，大多是即兴而发，点到即止，缺乏深入的理论分析和概括。形式上，大多采用诗话、词话、曲论、小说评点的方式，常常用诗的语言、生动的意象表达对文学的见解，像钟嵘的《诗品》、陆机的《文赋》、司空图的《二十四诗品》，直到王国维的《人间词话》，都是这种感悟式批评的代表。它们往往从对文学的具体感受出发，抒写自己的一己之见和点滴体会，片段式的批评中又不乏对文学的真知灼见。虽然不像西方文学理论丁是丁，卯是卯的精确，许多术语、范畴、命题似乎信口说出，内涵模糊，难以界定，但自有一种生动和精致，许多理论言说美妙又耐人寻味，诸如"感兴""滋味""神韵""兴趣""气象""意境"等，都是古人对美感经验的直觉把握。正如钱锺书先生所说："诗、词、笔记里，小说、戏剧里，乃至谣谚和训诂里，往往无意中三言两语，说出了益人神智的精辟见解，含蕴着很新鲜的艺术理论，值得我们重视和表彰。"这种感悟式批评是我国传统文论的显著特色。需要指出的是，中国古代文学理论虽然在理论形态上零散而无系统，但是却有着内在的联系，有一个潜在的体系建构，而刘勰的《文心雕龙》、叶燮的《原诗》等批评著述，其体系的严谨和思辨的特色也是很鲜明的。

以上我们从理论个性、价值功能和理论形态上比较了中西文学理论的差异。造成这种差异的原因主要有以下三个方面：

第一，中西文论的哲学基础不同。任何一种文学理论都是以一定的哲学作依据的。西方哲学史上，长期以来占主导地位的是"主客二分"的哲学原则和思维模式。主客二分的特点有三个：一是实体性，就是说，把主体、自我和客体、非我看成独立自存的某种东西。二是二元性，即把主体与客体看成彼此外在、相互对立的东西，换言之，二元性就是指主客分离，即使讲主客统一，也是在主客二分的基础上讲统一。三是超验性，即承认有超感性的、超经验的、形而上的本体世界。所以要超越主客二分，就要超越实体性、二元性和超验性。在"主客二分"的哲学原则指导下，西方文学理论的最高境界往往表现为对于文学之结构要素的明晰阐述。中国的哲学原则和思维方式是"天人合一"，客观世界与主观人类是和合一体的。这种"天人合一"的思想，表现在人之于自然，不是把自然作为仅供认识的对象物，不去追求纯自然的知识体系，而是力求与外部世界相统一，人与自然相亲相爱。这就使虚灵圆融之境成为中国文学理论的最高境界。而儒家的"天人合一"思想又包含道德的内容，影响儒家诗学就表现出重视抑恶扬善的教化作用。

第二，中西文论的知识论背景不同。文学理论如何理解文学现象不是由文学现象本身而是由某种知识论决定的。例如，人类最初创作的神话、歌谣、史诗这类作品本来就没有"模仿"和"表现"的分别，而中国最古老的文学理论命题"诗言志"就只强调古代诗歌中的表现性一面，将其中所蕴含的模仿、叙事、记录等诸种功能遮蔽了。西方亚里士多德关于悲剧的定义也在一定程度上压制了古希腊悲剧的表现性功能。这里的原因很简单，中西文学理论的背后是两种截然不同的知识论系统。中国从西周以降，古代哲人就只将那些关于政治伦理和生存智慧之功能性的言说当作真正有用的知识。而古希腊的哲人特别是亚里士多德，都是把关于自然和社会事物的客观性的言说当作真正的知识。亚里士多德的《物理学》是关于自然事物之客观性的描述，大致相当于今日的"非生命科学"，上自天文地理，下至物质生成、物体运动，都在其视野之内。其《政治学》

是关于社会政治之客观性的描述，而其《诗学》也就自然地成为关于悲剧与诗歌之客观性的描述。这就造成了中西文学理论在源头上的差异：中国以"言志""缘情"之说为主导，西方以"模仿""再现"为基本路向。

第三，中西文学理论的文学实践基础不同。一定的文学理论都是建立在一定的文学实践基础之上的，中国和西方的文学实践有着各自不同的面貌，从而形成了两种不同的理论体系。西方文学理论起源于古希腊的史诗、戏剧、雕塑。这些艺术情节比较具体，偏重对自然的模仿，是再现性的。因此，探讨艺术怎样模仿自然，模仿什么样的自然，就成为西方文学理论的重要传统。中国古代的文艺实践主要是诗、词、歌、赋、绘画和音乐，这些艺术偏重抒情写意，比较抽象，因此，中国文学理论就形成了重表现的传统。

第二节　英语文学研究方法论

相对于文学艺术的创作，文学艺术的研究与理论探寻则是较晚的事情。对于文艺的研究总是从无意识到有意识的认知，从凭知觉的感悟到富有理性的研究，从点评式和感想式的评论到全面和系统的理论探索，这是文学研究发展的历史轨迹。

文学试图揭示人类自身的生存意义与价值。关于人类生存的意义与价值的深刻内涵大多深埋在文学作品中，以隐喻、密码等象征形式隐藏于文学作品中，从而，对于文学的解读与阐释总是因时代背景、个人素养、价值观念、研究方法等因素而迥然不同。每个时代的人们总是希冀在方法论上有所突破，进而更加接近文学的本体或更深入地触摸到文学本体的深层。所以，方法和本体是揭示、揭露本体的中介形式，方法论和本体论并非互相对立，而是相生相契、密不可分的。本体是方法的本源，方法是通达本体的中介。一定的本体论或世界观原则在认识实践过程中的运用表现为方法。方法论是有关这些方法的理论。没有和本体相脱离、相分裂的孤立的方法论，也没有不具备方法论意义的纯粹的世界观或本体论。显而易见，方法论不仅仅是一个简单的方法问题，而是一个复杂的价值观和世界观问题。

西方文论演进大致经历了三次革命性的"观念"变革，可谓愈来愈深刻、愈来愈通达：从古希腊到欧洲启蒙运动是第一阶段，在这一漫长时期，人们对世界的图像勾画大致上是统一的，基本上受古希腊哲人亚里士多德的影响。认为神性的维度是人观照世界的最高尺度，一切人间的苦难，世界上的不合理，统统被看作是神的意志和安排，而脱离这种苦难，消除不公正的全部希望都寄托在神对人的拯救上。这可称之为"神主宰世界"时期，这一时期的人类仿佛童年时期的孩童，时时处在神的呵护中，虽然"无知"但很幸福。启蒙运动以来，神的光辉逐渐暗淡，直至失去他的光彩，理性的太阳如日中天，普照着西方世界，这是"理性主宰世界"时期，这一时期，人类好像是青年，情感上和心理上处于躁动不安的状态，具有一定的理智判断但仍对许多问题感到困惑不解，童年的"欢乐时光""一去不复返"，人类在慢慢感受着成长的苦恼。19世纪至今，人们对理性逐渐提出疑问、不断挑战它的权威性和怀疑它的超越时空性，最后，理性的大厦终于在人们新观念的有力冲击下轰然坍塌了，统一的世界图画在人们审视的目光中分崩离析，世界变成了一个完全陌生的、荒诞的、无意义的，甚至是不适合人类居住的怪异星球，这就是我们所处的"荒诞主宰世界"时期，处在这一时期的人类完全是一个成熟的人，具有认识自然、征服自然和改造自然的能力，但又是最为不幸的人，因为他要面对的是一个冷冰冰的物质世界、一个失去了神秘色彩的世界，毫无温情可言。这三次"观念"变革代表了西方人对世界认识的不断深化，大自然在人们面前渐渐被剥去它神秘的外衣，失去它神圣的光环。可以说，人类在征服自然的过程中取得了一个又一个伟大胜利，但从另一个角度看，科学和技术的巨大成就与进步使得人类在精神上"无家可归"，不知何时是归期，不知何处是故土，永久性地失落了精神家园。

20世纪是西方社会发生深刻变化的伟大时代，文学研究方法的空前多元化透视出西方在思维的各个领域所进行的多层次、全方位的空前变革。美国著名文艺理论家 *M.H.* 艾布拉姆斯在他的文学理论经典《镜与灯》一书中提出了"文学四要素说"，并简洁地用三角形排列出了它们之间的关系。他根据三角形中各个要素之间的关系，把所有文学研究方法纳入他的理论框架之中，归结为四大类："模仿论"（*The*

Mimetic Theories），文学作品对宇宙或世界的反映；"实用论"（The Pragmatic Theories），读者对文学作品的理解与阐释；"表现论"（The Expressive Theories），作家把自己的内心世界外化，形成文学作品；"客观论"（The Objective Theories），就作品研究作品，不指涉任何其他方面。

根据批评家研究"四要素"的不同侧重性，把它们分为若干文学研究流派，并形成以下四大方面的文学研究法：

作家研究：从作家出发，研究他们的创作心理和创作过程。这方面汇集了许多流派，本书将重点介绍精神分析研究法、原型批评研究法等。

作品研究：从作品入手，研究作品的"特异性"，在这一流派看来，作家、读者、社会都无关紧要，只有作品才是应该探讨的本体。这一方面本书将以俄国形式主义、美国新批评派等为主，对该流派的观点进行简单介绍。

读者研究：把读者放在前所未有的中心位置，他们坚信未阅读过的作品仅仅是一种半成品，或"可能的存在"，它的价值并未得到实现。这里主要介绍"接受美学"和"阐释学"等。

社会文化研究：从社会、文化与历史背景切入文学的研究方法，强调文学与社会、文化及历史背景的紧密关系，将以"社会历史研究法"为主，探讨这一流派的总特点。

"西方文学批评理论与哲学结下不解之缘，思辨深邃是其长处。"从艾布拉姆斯的理论归纳与总结中可见一斑，它深刻地植根于西方理论研究的历史传统之中，即人文学科的研究具有浓厚的自然科学研究特征：

研究方法更加科学理性，理论思维更加缜密精细，研究结果更加可信可靠。因此，艾布拉姆斯的归纳是具有划时代意义的文学研究方法的总概括与集大成。尽管如此，有人认为，他这种以作品为核心的三角结构也含有简单机械的缺陷，体现不出作者、世界和读者之间的交互关系，以及它们与作品的交互关系。针对这一"缺陷"，刘若愚先生将四要素排列成顺逆双向流动的圆圈结构，弥补了艾布拉姆斯模式之不足，四要素之间的有机性和整体性无疑得到了加强。但是，它却取消了艾布拉姆斯符号结构中的作品中心地位。可见，任何理论构架对于丰富多彩的研究对象来说都是有缺陷的和不完善的，但这丝毫不会影响人们借助理论去观照文学作品，因为所有理论都是人类对现实对象认识的飞跃与升华，需要不断升华、不断改进。实践是理论所深深植根的沃土，任何理论的概括总是滞后的，而实践则是日新月异的，处于永恒的变化之中。

第三节　英语文学理论发展研究

在英语文学批评漫长的历史长河中，小说批评理论的产生是比较晚的。从英国小说产生之初的18世纪，小说家就在自己的小说序言或小说中发表对小说的见解。甚至到了19世纪，英国小说创作达到了空前的繁荣，小说批评理论仍停留在那种"评点"漫谈式的准理论阶段。进入20世纪，小说批评的面貌为之一新，重要标志是系统的小说理论专著不断出现，所探讨的问题也由原来单纯的"情节"与"人物"等拓展到小说文体，这是小说理论发展的必然。本节拟以英语小说代表性理论专著（主要以具有划时代意义的理论专著）为经线，简述英语小说理论发展的重要观点及其对小说美学发展的贡献。

一、英语小说的准理论阶段——前詹姆斯时期

小说是文学百花园中的后起之秀，小说理论研究自然滞后。对此，韦勒克也曾不无感慨地说："无论从质上看还是从量上看，关于小说的文学理论和批评都在关于诗的文学理论和批评之下。"在西方，一些著名理论家如马克·肖勒和瓦尔特·爱伦都认为，在现代文学批评界决定把严肃的地位赐予小说家以前，英国没有任何小说理论批评。甚至还有学者如爱德蒙·威尔逊认为，英国一直等到詹姆斯的出现才有了自己的小说理论。而我国学者殷企平先生则不同意这种看法，他认为，在19世纪不仅许多著名小说家如狄更斯、萨克雷、乔治·艾略特在创作小说的同时发表了不少富有真知灼见的理论见解，更有学者专论小说艺术的理论著述面世，如布尔沃·利顿的《论小说艺术》（1838）等。殷企平先生令人信服地论证了在詹姆斯之前英国就已有了小说理论，可称之为"小说的用处"，具体地说，就是指小说的五种"实用"功能，它给个人或社会以某种好处，即道德功能、社会功能、预见功能、认知功能、愉悦功能。他还详细分析了这一小说理论产生的历史原因：任何捍卫小说地位的势

力必先着眼于阐明小说的各种作用；功利主义哲学思潮为强调小说各种实用功能的观点提供了养料；传统的英国文艺批评理论起着不可忽视的作用，小说这一体裁从一降生就受到大众的青睐，但是它的地位却很卑微，属文学门类的庶出。许多文人雅士都极力贬低它，将其称为"低级体裁"，认为"阅读小说有害无利，充其量也只能使人自我放纵"。所以，一些小说家努力为小说这一体裁正名，也有人不把自己的小说称为小说，而称之为"滑稽传奇"（comic romance）或用"散文体的滑稽史诗"（comic epic in prose）。这虽有攀附"高贵"文学门类之嫌，但却从另一方面说明，小说正在为确立自身的生存地位寻找根据。

整个19世纪，英国小说创作虽然达到了前所未有的繁荣，但小说理论却仅仅围绕"小说的用处"，反复说明它的功用。这实际上都是在为小说这一文学样式辩护，以确立它的生存地位。在这一过程中，虽然也曾有人论及小说的理论问题，诸如，叙述视点、作者引退等，但却不曾进行过详尽而系统的探讨。一些著名的小说家如乔治·艾略特虽在自己的小说中或其他场合发表过一些关于小说的见解，但是这些见解有的是作为小说内容的一部分，有的则失之零散。由于英国乃至整个西方世界具有浓厚的理论传统，对这种尚处在准理论探讨阶段所形成的看法不称其为理论也是情理之中的事。比较普遍的看法是亨利·詹姆斯是第一位自觉的小说家兼小说理论家。他既有系统的小说理论建树，同时又有卓越的小说创作实践，他的小说创作实践完美地体现了他的小说理论。

二、英语小说理论的肇始——詹姆斯的小说理论

詹姆斯虽被认为是西方小说理论的奠基人和开创者,但是除了一篇《小说的艺术》的专论之外,他对小说的看法大多散见于他作品的序言中,失之零散,必须进行一番梳理,才可归纳出他的小说理论的主旨。前贤已在这方面做了许多开拓性工作,本书在前人研究的基础上尝试着概括詹姆斯小说理论体系。

首先,对小说本质的认识。詹姆斯曾这样界定小说:"小说按它最广泛的定义是一种个人的、直接的对生活的印象,这首先构成它的价值,这个价值根据印象的强度而或大或小。"他所谓的印象,是生活中人人都会有的。但并不是所有这些印象都可变成小说艺术的材料。那么,什么样的印象才能构成创作的源泉呢?詹姆斯指出,"艺术本质上就是选择,但它是一种以具有典型性、全面性为其主要目标的选择"。显然,作家必须从自己的"印象"中选择,选择那些具有"典型性"与"全面性"的印象。同时,他还谈到另一个重要问题——小说艺术的先决条件,或者说作家应具备的重要能力,没有这一条件,小说创作就无从谈起。詹姆斯把作家的这种能力称为"得寸进尺"的能力,即"根据看见的东西揣测没看见的东西的能力、揭示事物的含义的能力、根据模式评价整体的能力"。詹姆斯已明确地认识了小说在本质上是虚构的这一特征。在生活真实与艺术真实之间是有一定距离的,作家对"印象"的"选择"

实际上就是把生活艺术化，把生活的真实上升到艺术的真实。在《小说的艺术》一文中，他花了大量篇幅谈论"真实感"问题，他甚至认为"真实感是一部小说最重要的优点"。因为，如果真实感不存在，别的一切优点都等于零。他在认识小说本质的同时发现作家可以凭借自己的虚构能力制造艺术幻觉产生真实感这一美学道理。

其次，小说的叙述角度或叙述视角，即作者与故事之间的关系。詹姆斯在《使节》一书的前言中把视角称为"主要规矩"，而"在这一主要规矩面前，任何其他的形式问题都会黯然失色"。他的学生与追随者卢伯克在《小说的技巧》一书中，以更为明白晓畅的语言表述了这一观点："小说技巧中整个错综复杂的方法问题，我认为都要受角度问题——叙述者所站位置对故事的关系问题——调节。"角度问题是詹姆斯小说理论的核心组成部分。那么，他是如何看待各种叙述角度呢？他首先对传统的"第一人称"角度进行了否定，认为它"注定会使作品的结构变得松弛"。他主张采用限制角度，或曰"单一角度"，来达到戏剧化之目的。詹姆斯还提出了"绘画手法"与"戏剧手法"作为他叙述角度理论大厦的两块基石。他虽在为自己作品所写的批评性序言中多次提到这两种手法，但都没有进行细致的阐述，后来还是卢伯克对这两种手法的阐述比较详细精确。他指出，绘画手法指"所有事件都在某个人物的接受意识屏幕上得到反映"，而戏剧手法则是把"读者直接置于看得见、听得着的事实面前，并让这些事实自己去讲自己的故事"。这实际上就是对詹姆斯"绘画手法"和"戏剧手法"的详尽阐述与发挥。在詹姆斯的小说理论中,限制角度虽是他实现戏剧化的主要手段,但是,他还设计出了几种叙述策略,以补不足。其一,当视点人物由于各种各样的原因不足以给读者以正确的引导,詹姆斯就会安排一组人物,这些人物"等距离地旋转在某个中心事物的周围",让他们从各自的角度"用足够强烈的光线来照亮有关事物的诸多侧面",他称这些人物为"油灯"(lamps)。这些"油灯"会把小说中一些人物和场景的许多方面照亮,让读者看清他们与小说主题间的关系。其二,设置"提线人物"(ficelle),这个词原意指用来控制木偶的提线。詹姆斯所谓"提线人物"特指他作品中代替作者向读者提供必要信息的一类人物,如《使节》中的戈斯德雷小姐和《淑女画像》中的斯塔克波尔小姐,她们一般都是主人公的心腹女友等。她们不仅是视点人物倾吐心里话的对象,而且还会从旁为读者提供一些鲜为人知的细节等。总之,詹姆斯用限制角度叙事,同时辅之以"油灯""提线人物"等叙事手段,从而使他的戏剧化手法呈现故事达到了炉火纯青的程度。他不仅用自己的创作实践扭转了维多利亚小说传统,而且还把自己的小说实践上升到理论的高度,从而使英国小说进入了一个新的阶段,即小说成为真正意义上的艺术。这是詹姆斯对西方小说理论发展的主要贡献。

最后,詹姆斯第一个明确提出小说"有机体"的问题,这个有机体论也是前人未道的,它意味着故事与主题、形式与内容是不可分的。"也就是说,他把小说的形式看得与内容同样重要,甚至还认为"小说完全取决于题材的处理方式，而题材本身却无足轻重。如何实现小说的统一性与有机的结合，他采用了三种方式，即"中心意识"（central intelligence）、"场景系统"（scenic system）与"时间结构"（time scheme）。所谓"中心意识"就是指作品中的视点人物，他可以把作品的各个部分有机地统一起来。"场景系统"就是要在若干个场景间建立联系，每个场景内亦要具有连贯性。"每个场景先要恪守自己的职能，在交接主题时应该像乐队那样——提琴可以十分平稳地接替短号和长笛来表现同一主题；反之，管乐器在接替弦乐器时同样也可以做到天衣无缝。""时间结构"主要是指在一个比较紧凑的时间内展现"复杂情形"，让读者感到可信，从而激起相应的情感。

总而言之，詹姆斯从一开始就对英国小说的现实不满，他认为英国小说"没有理论，没有信念，没有一种对本身的感觉，没有认识到小说应是一种艺术信念的表现，是选择与比较的结果"。他把小说当作一种特殊的艺术，追求完美的艺术形式，他本人的小说是经过精雕细刻，最后使之"连续而浑然一体，像任何其他有机体"。另外，他并不喜欢经院式的理论大厦的构建。相比之下，他更擅长"用短评和序言的形式阐述自己的艺术主张，他不喜欢讨论抽象的艺术标准，而热心于探讨具体的创作过程"。由于他成效卓著的理论探讨和艺术实践，英国小说从他开始实现了从传统的仅仅关注外部情节的现实主义向旨在再现人的精神世界的现代主义的转变。但是，詹姆斯晚期表现出一种唯美主义和唯形式主义的艺术倾向，"文字艰涩难读，文风雕琢堆砌，一味追求高雅华美而失去了早期作品那种清新隽永"。他的艺术形式追求陷入了纯形式和为形式而形式的泥淖，受到了其他艺术家的批评。英国著名小说家哈代就曾尖锐地指出了他晚期作品的弊端："沉闷烦琐的风格，没完没了的句子，然而内容空洞，言之无物。"

第四节 文学批评理论的指导意义

文学理论无疑可以帮助读者开启一扇观察文学世界之窗：用不同的文学理论观照同一部作品，读者会产生不同的观感，甚至是异样的观感，因为不同的理论为我们提供了不同的视角，让我们看到了从其他视角无法看到的景观和气象。理论的指导意义不言而喻，它对我们的阅读实践和文学欣赏活动至关重要。可以说，没有理论指导的文学欣赏实践是肤浅的和表面化的活动，而肤浅的和表面化的欣赏不是真正意义上的欣赏，或者说，它是没有触及作品深层含义的浅尝。运用文学理论进行文学赏析，绝不是追时髦，更不是为了理论而理论，而是借助理论解决我们欣赏中所面临的不能深入作品深层的、单调乏味的问题。

在文学欣赏活动中，文学理论对于文学阅读实践的指导价值显而易见，毋庸置疑。虽然如此，我们绝不能从一个极端走到另一个极端，把整个文学理论或者把自己所钟爱的某一种丰富多彩、栩栩如生的文学理论当作教条，奉为金科玉律，从而排斥其他理论，甚至排斥对作品的细读。人本身的发展具有无限性和未完成性，建立在以人和人的生活为蓝本基础之上的文学作品，和旨在帮助人们解读文本的文学理论，当然是无限的和开放的。任何一种高明的文学理论，无论它多么富有创见，它必然含有自身的不足和局限。任何理论都是具有二重性的，它一方面能够把我们引入一个光怪陆离、五光十色的文学世界，令人目不暇接，甚至流连忘返，另一方面也为我们狂放不羁的想象力设定了一个界限，限定了它的自由，遏制了它的奔腾步伐，使它变得温驯，甚至不敢越雷池一步。

丁宏为先生对我国外国文学批评界的现状进行分析之后，不无见地地指出，"真正荒唐的解读（指文学解读）行为，是立即绕过这些表面材料中的深刻性，而去做出貌似深刻的推论。近年来，中外许多学术论文都频用新创的评论术语，对文学作品实施各种类型的"话语"，包括权利的、性别的、文化的等。这样做有助于展示一些可能的层面，有益于对相关问题的审视，但这并不能证明我们的阅读质量提高了，在有些极端的情况下倒可能暴露出渐窄的思路，而不是渐宽的视野，与有关理论实践者所以为的恰好相反。国内外文学讲授存在这样的弊端：要么在句法和语法的层面做过多的"分析"，把文学的欣赏变成了精读课；要么滥用新潮的理论"深挖"作品，得出一些牵强附会的结论，大而无当，不能真正有益于文学批评与阅读欣赏。他认为，对文学文本之明显含义（有时是字面含义）的较直接的、感性的和细致的把握有助于我们更好地了解文学思想。

我们绝不盲目地排斥文学理论与批评方法对文学解读的认知功效，但也不因理论的巨大作用而"削足适履"、生搬硬套去比附和解说文学作品，这两种倾向都应防止和避免。

一、文艺研究的缺憾与魅力

在西方，文学的研究也像自然科学的研究一样，首先是分门别类进行孤立静止的研究，然后再进行综合。这种研究所具有的深刻性和优越性是很明显的，但它的危险性和危害性也不容忽视：任何作品被割裂之后进行剖析，可能再也不能复原，就某个局部而言，读者看得非常清楚，了解得非常具体，然而，他们再也不会有初读作品之后那种浑然一体、整个身心浸泡其中的那番淋漓尽致之感了。正如一头雄狮解剖之后，人们再也无法领略其"万兽之王"的雄姿。但这又是不得已而为之的事。人类对于世界的认识又何尝不是如此，如盲人摸象一般，只能获得相对真理和局部真理，不能获得绝对真理和全部真理。对世界的全貌无法一览无余，因此任何文学理论无论多么严密都只能是从某个视角所获得的"一孔之见"。

对于优秀的文艺作品，人们永远无法穷尽它们的奥妙，因此，它们在人们面前就仍将是一个诱人的未知世界，引无数文艺评论家竞展他们的阐释之才能与丰富之想象力。

二、对于文艺理论应采取的态度

所以，对于理论，我们既要展开双臂拥抱它，但又要时时刻刻警惕它的片面性和局限性；充分利用理论为我们的文学欣赏插上翅膀，引领想象的云雀遨游太空，同时又要不断摆脱和除去理论为我们的心灵强加的枷锁。既用理论，又不为理论所囿，永远保持精神的自由与阐释的个性化和独创性，这才是我们对于文艺理论应该采取的正确和恰当的态度。

文艺批评理论不仅对文艺研究具有重要的指导意义，而且它自身也产生意义。这是著名文学批评家童庆炳的重要观点，他一贯主张文学批评理论要学科化和专业化。关于文学理论自身产生意义的观点，有人认为它产生于人类内心的渴望。只要人还有缺陷和不满足，只要人还有梦想和希望，只要人还有追求还有发展的欲望，人的内心就不会泯灭乌托邦理想，人就会对一切事物——包括各种学术——有着终极的追求和向往。文学是对人类生存方式的审美观照和审视，因此它就不可能离开对人本身的观照，即关注人的命运、人的主体性地位、人的精神与人的自由等"以人为中心"的种种问题。研究文学的理论自然而然地关注这些"以人为本"的核心问题。人应该永远是文学的出发点和落脚点，一切关于文学的学术研究的终极目的都是在试图理解人、关注人和他自身的解放与精神的自由。文学也曾派生出各种意义，服务于各种目的，甚至在某些特定的历史阶段成为一种工具，具有了功利性和临时性的特征，但是，它最高的意义和目的总是以人为旨归的,"解放人和使人摆脱物化"(巴赫金语)是其最崇高的终极目的。

康德在研究义务和人格之后认为,道德法则具有客观性的一面,但是也有与客观性对立的主观性、感性的经验的明显倾向。人为什么会尊重道德律令、尽义务呢?他认为,关于这一点是没有办法从人的理性得到说明,因为它完全属于物自体的神圣性一面,"人有这种神圣性倾向,又有现象界的感性的自私的倾向"。人身上具有这种崇高的神圣性,但是现实中的人又有非常卑劣、猥琐和肮脏的一面。人虽有极其低下的倾向,然而他还有积极向神性靠拢的倾向。人格也就是人不同于动物的作为有限存在者战胜自己的自然感性倾向的神圣性。人格是人类的本质,使人成为具有人格的人,是人类的理想。总而言之,人是复杂的,也是多面的。人是一个充满矛盾的集合体,又是各种社会关系与各种因素的交汇点。人是宇宙之谜,是斯芬克斯之谜。文学是在描绘、展示和探索人类之谜。通过文学理论,我们希冀从文学文本中多挖掘出一些具有人性的东西、多揭示出一些具有人的本质的东西,以丰富和深化我们对于人类自身的理解与认识。"认识你自己"是一个永恒的命题,只要人类存在一天,对于该命题的认识就不会完结。

在文学活动中,我们应该对理论有一个正确的认识,将其始终放到一个重要的指导地位,指导我们的文学创作和研究活动;同时,应该清醒地认识到:理论是灰色的,只有生活之树常青。因此文学文本的分析是必要的，但是不带任何理论的阅读、浑然一体的阅读，才是真正赏析的开端。所有真正的文学欣赏活动都从文本的细读开始：首先，跳入文学文本的河流之中，感受它的清凉，这是感性阶段，也是比较畅快的"知其然"阶段。其次，在畅游之后，欲知河水为何如此清凉便进入了理性欣赏阶段，这是"欲知其所以然"的高级阶段。这两个阶段缺一不可：第一阶段是第二阶段的前提与准备，第二阶段则是对第一阶段的深化与升华。

三、文艺知识与文艺修养

在文艺欣赏与评论中，有两个重要概念需要区分清楚，即"文艺知识"与"文艺修养"。一般人会把这二者等同起来，或者混为一谈，其实"一个有高度艺术修养的人当然会有比较充分的艺术知识。但是，艺术修养的根基并不在艺术知识中。艺术知识是对已发生过的艺术现象的理性记录，其本身是非艺术的"。文艺知识与文艺修养有关系，但并非等同。有文艺修养的人一般比较有文艺知识，但有文艺知识的人未必有艺术修养。我们在本书中更加关注文艺修养的培养，而不是文艺知识的灌输，尽管在我们的文学教学中需要灌输一些必要的、属于常识性的文艺知识，但那不是我们的主旨和重心。

关于培养文艺修养，余秋雨建议，学一门艺术行当练着玩玩、演演、唱唱、画画，均无不可，倒不是想当艺术家——这是另一回事了，只是通过练，来加深化对艺术创造的感受。有了这种感受，反过来，会对艺术欣赏产生更恳切的体验。许多搞文学评论的人从未尝试过写哪怕是一篇短篇小说或一首小诗，这是一种欠缺。有了一点点切身体会，再进行文学艺术的批评自会有不同的感受，艺术的感觉也会有一点，天长日久，文艺的修养也自然会培养起来，更重要的是人的总体素质会提高，人格也会更加健全，个人的品位也会提高，文艺评论也才能深下去。在英语文学的研习过程中，自觉培养自己的文艺修养和情操才是首要任务，而绝不是仅仅关注历史事实的梳理，以及作品知识的积累和作家及作品名称的记忆。

第五节 文学教育及其重要意义

一、文学教育概念界定

尽管文学教育的概念界定至关重要，但人们对此误解颇多。因此，有必要首先对于文学教育进行一番辨析。关于文学教育，有人把它等同于文学教学，这显然是不妥当的。文学教育应该是在形而上的层面展开，旨在提高人的总体素质，而文学教学则是在形而下的层面进行的一项具体的教学活动，其目的是通过文学作品的耳濡目染，使学生在人文素质方面有一个质的飞跃。两者之间既有着非常密切的联系，又有很大的区别，这是我们不得不审视与洞悉的。也有人把文学教育（尤其是把英语文学教育）当作语言教育，持此观点的人认为，在语言教学中，所选语言教学材料是文学作品，也就是进行文学教育了。这更是错误的看法，必须纠正。

对于外语学科的学生，文学教育（这里主要指英语文学教育）应是既迥异于语言教育，又与语言教育遥相呼应、互为依托的两个重要方面。英语文学教育一直是重要的学习课程，它离不开文学教育。只有充满人性和温情的文学，才能真正实现英语文学教育的怡情修养功能。语言教育具有极强的工具性特征，旨在培养学生"可言说"的语言应用能力、文字表达能力，赋予学生"生存""谋生"之本领，与实用型和复合型人才培养目标完全一致，受到学生们普遍认可。

语言教育的工具性作用如何实现？它究竟应该包括哪些方面？我国教育界的有识之士认为，"工具性应当坐实在字、词、句及实用文体的写作范畴之中。这种工具性训练，其基本目标是培养学生对字、词的约定俗成、普泛化使用过程中的确切指涉及意义生成的相关'语境'体认，所侧重的是准确性，这里所量化的是学生对语文的使用、操作能力，并以此生成知识的体系、层次。打个比方，这种工具性犹如智能计算机一样，可以依'规则'运行、操作，进行一种形式逻辑的判断"。所以，我们把语言教育定位在语言的应用能力培养这个层面。而文学教育则属鲁迅先生所说的"不用之用"，强调它的"不用性"，旨在培育学生的"不可言说"之感受能力与鉴赏能力，不是"不用"，实则致力于形而上之"大用"。"如果说'知识性'的东西是要求体认，这种体认可以有序并且必须有序地进行，那么'文学'（艺术）则是鉴赏，即整体性把握、含纳，非'我融'性，而是'融我'性，'文学'是以'感染''诱惑'方式被接受的，从'感觉语言'始，到生成'语言感觉'终"。如果说语言教育的工具性是学生们容易接受和普遍认可的，那么文学教育则是时下许多人难以接受，甚至还普遍存在一些错误的认识，这主要由两方面的原因造成：其一，文学教育自身的特点决定了它不可能在短时间内发挥作用，即使发挥作用，也不是"立竿见影"式的，而是长期的、潜移默化式的缓慢"浸润"与"滋养"。其二，社会普遍弥漫着一种"急功近利""急于求成"的氛围，"短视性"是其显著特征，人们心理浮躁，耐不住寂寞，坐不了冷板凳。就个人的长远发展和民族的长远利益来看，文学教育的价值是怎样估计也不会过高，它是一项费时、费力、不容易见成效的、极其艰苦卓绝的工作，但同时又是一项意义深远、功德无量、旨在提高民族整体素质的人文工程。

虽说文学教育应从孩提时就开始，但与母语教育不同的是，英语文学教育是外语学生在外语学习的高级阶段才能实施，在学生的基本语言关过了之后，还应持续下去，甚至应该成为终身的教育。文学教育的特征主要有三：第一，培养学生的思维能力，包括辨别分析能力、批判能力和选择能力。文学作为一门艺术，本身就是对社会生活的反映和提炼。英语文学，尤其是英国文学，其历史跨度大，文学流派众多，作家星罗棋布，作家风格纷繁多样，其中的内容可谓包罗万象，精华、糟粕共存，英语文学教者若面面俱到，势必浮光掠影，不深不透。这就要求学生自己去探索、去选择、去实践。文学课教师要正确地引导学生批判性地看待文学作品，让他们学会从文学中认识世界和人生，培养他们一种新的思维模式；要多引导学生去独立思考，抓住自己的思维灵感，寻找自己的评论视角；鼓励学生个性化学习，增强学生主体意识，发挥他们的积极性、主动性，以便更好地培养他们的创新意识。第二，培养学生的想象能力，包括举一反三、从有限推知无限以及从可见事物想象不可见事物的能力。第三，培养学生的创造能力，包括富有创造性地、灵活地解决问题，且仍不失其原则性，设计富有创意的方案并能实施之，以及开创全新的领域或工作局面。这是文学教育应致力于达到的目标。

二、文学教育的意义

文学教育在古老的中国具有深厚的传统。孔子早就把中国的诗歌经典《诗经》看作教育的经典，认为不学诗，无以言"。文学在古代中国扮演着多种角色，发挥了多种社会职能，可谓贯穿到了社会生活的方方面面。在古代中国文史哲不分家，甚至连社会科学的其他门类也不分家。

19世纪末至20世纪初的中国处于风雨飘摇之中，面对列强的"坚船利炮"，封建制度下的中国无力应对，在优秀的知识分子积极探索振兴中国之路的进程中，文学被摆到了前所未有的救国救民的重要位置。内容变得重要了，追求形式受到谴责，变成"隔江犹唱后庭花"，性情刚烈的鲁迅决计放弃医学，开始从事拯救中国的文学创作生涯，从"治愚"

开始，疗治国人的民族"劣根性"，拯救积弱积贫的祖国，希冀借文学以"新民"，而后再图国家之振兴。梁启超先生也寄希望于文学，他把文学的功能概括为"熏""浸""刺""提"，指出"欲新一国之民，不可不先新一国之小说。故欲新道德，必先新小说；欲新宗教，必新小说；欲新政治，必新小说；欲新风俗，必新小说；欲新学艺，必新小说；乃至欲新人心，欲新人格，必新小说"。文学历史地承担了培养"新人"、改良国民的责任，以使他们具有"自尊""公德""合群"有"国家思想"的公民，以担负起拯救国家之重任。文学成为一种救国救民的工具，这显然是国家面临"亡国灭种"的空前大危机之际不得已的选择，无可厚非。实际上，文学还有更为丰富的"内在价值"，不仅可以慰藉人孤寂的心灵，还可陶冶人高尚的情操与塑造人伟大的人格，为人类开辟广阔的精神空间，这便是文学非功利的一面。即使在国家处于危难之际，伟大的教育家蔡元培、王国维等仍倡导这一精神，旨在利用文学内在价值塑造国民的人格、培育国民的精神，希冀通过审美教育而"救人"，进而"救国"。

今天，面对改革开放、经济大潮、信息革命，多数国人以积极的态度，拥抱这一伟大时代，它给我们带来的一切物质利益与享受的同时，很少有人去反思它的负面影响，包括它对我们价值体系等造成的永久性破坏。在西方，伴随着工业革命，不仅有生产力的突飞猛进，物质生活的极大提高，社会生活的快速进步，更有一批具有浓厚人文主义思想与批判性思维的哲人，对那些巨大进步背后所包含的潜在危机和负面效应进行审视与思考，甚至是猛烈抨击。在英语19世纪的小说中，对物质进步的反思性和批判性描述比比皆是，表达了作者对于机器时代的到来可能产生负面影响的担忧，以及对机器非人化的抨击。我们特别需要这样的思想家和哲学家对我国现阶段物质文明建设中存在的深层次问题进行反思，更需要教育家、文学家从人类精神的层面、道德体系的层面批判性地审视现代社会所存在的各个层面道德异化等问题。

如果说文学教育在古代中国主要是发挥道德教化作用，在现代中国（指19世纪末至20世纪初）扮演启蒙思想的角色，那么文学（这里主要讨论英语文学教育）恰恰可以在塑造人格与精神，抵御物质主义侵蚀、防止人的异化与物化、丰富人的心灵世界等方面发挥不可估量的作用。学生在学习语言的同时，更好地接受系统的英语文学教育，深入了解西方文化，可以更加深入、更加全面地了解西方社会与西方人，以借鉴西方人文精神之精华、反观本国文化、进行对比研究，丰富自己的母语文化；更进一步深化英语语言的学习，提高跨文化交际能力，在一个更加广阔的领域和更加深刻的层次上进行学术、文化、教育、贸易等方面交流；既可接受和吸收西方文化、文学之精髓，又能远播中国文学与文化之精华于异域，达到中西双向互动交流的目的。

首先，英语文学教育的重要意义在于它能促进学生英语语言技能的发展，能促进学生英语语言的学习和文化素质底蕴的培养：文学是语言的艺术，最美的语言主要存在于文学语篇之中，所以文学文本给英语学习者提供真实可信的阅读文本,对他们语言技能的发展益处良多;文学语言的使用颇讲究遣词造句,词汇的微妙含义与繁复的句式可以在语言层面拓展学习者的语言能力。阅读是读者与文本的交互过程,因此,我们同样需要研究造成语言学习者或群体在对第二语言输入解码方面意愿与能力不同的诸变量,如情感、态度和经历等。对多数学习者而言,文学文本也是激励他们去阅读的情感和动力因素,因为优秀的文学文本本身妙趣横生,令人爱不释手。文学文本可以帮助学生提高他们的阅读能力,对实现他们自己学业目标或职业目标大有裨益。文学阅读不是对文本的反映活动,而是通过文本这一中介,使读者与作者之间有交互作用的活动,达到与作者的对话,提高自身语言的水平和素养。其次,英语文学教育可以培养学生文学鉴赏能力、文学品位与健全的人格:优秀文学作品长期潜移默化式的陶冶与"润物细无声"般的滋养必然会在学生总体素养的提高和审美情趣的养成方面发挥不可估量的作用,使学生逐渐成长为"有品位""有情趣""有鉴赏力"的人。余秋雨指出,"一旦我们摆脱急功近利的狭隘观念,就会懂得只有艺术修养在社会上的升值,才会全方位地提高人们的精神素质,协调人际关系,重塑健全、自由的人格形象,从而在根本上推进一个社会的内在品格。从人类发展的总体而论,军事、政治、经济等再重要,也带有手段性和局部性,唯独艺术,贯通着人类的起始和终极,也疏通着每一个个体生命的童年与老境、天赋与经验、敏感与深思、内涵与外化,在蕴藉风流中回荡着无可替代的属于人本体的伟力"。艺术于人更具有永恒性和深远性，因此它对于全方位提高人的精神修养和健全人的精神世界都是必不可少的。艺术的修养对于人来说并不是可有可无的。没有艺术修养，人生就会黯然失色。而对于具有良好艺术修养的人来说，他的人生则丰富多彩，他的全部人生节奏都被古往今来的艺术大师们充实过、协调过了，因此，他是汇聚着人类的全部尊严和骄傲活着，他的一个小小的感受，很可能是穿越千年历史而来，而且还将穿越漫长的未来岁月。他往往童真未泯，真诚地用自己的身心，为越来越精明老滑的人类社会维系住一个童话世界。可见文学艺术对于个人与社会群体都是不可或缺的，具有终极性的目的之特点。英语文学教育还能培养学生的文化宽容精神，促进学生语言基本功和人文素质的提高，增强学生对西方文学及文化的了解：英语文学作品反映英语文化的世界观和价值观，它们迥异于中国文化。在学习英语文学文本过程中，学生逐渐意识到他们所生活的这个世界是个文化的百花园，各种不同的文化之花尽情绽放、争妍斗艳。培养学生的"文化多样性"意识与培养他们的文化宽容性是完全一致的。同时，开阔他们的胸襟、增强他们的想象力与增加对他人的理解，也是文学艺术要实现的目的之一。通过英语文学教育研习异域文化，领略异域文化风采，可以开阔胸襟，逐渐培养文化宽容精神。

第二章 英美文学思潮与风格的演变

第一节 英国文学思潮

一、古代英国文学思潮（公元 5 世纪之前）

在古代，英国受着希腊文明、希腊化文明和罗马文明三大文明的熏陶。这三大文明中，蕴藏着丰富的美学和文论及诗学思想，对英国的文学产生过深远影响。从古罗马时期开始，一直到后来的文艺复兴以及启蒙时期，英国陆续将古希腊文艺思想本土化。从毕达哥拉斯到苏格拉底，从柏拉图到亚里士多德，从贺拉斯到维特鲁威，从朗吉弩斯到普罗提诺，他们的美学和诗学，都是后世英国文论的源泉。如在英国古典文论中，亚里士多德的"模仿说"始终占有重要地位。一直到近现代，仍可见"以追求真实为最高的创作境界"的传统影响，并以多种形式显示出强大的生命力。英国文学史上第一个比较系统提出现实主义小说理论的费尔丁，也没有完全脱离亚里士多德的理论框架。

在翻译理论上，我们也可以看出这种影响和联系。翻译家阿尔弗雷德并不完全凭经验，而是遵照一定指导原则和方法。他在《司牧训话》及《自言自语》等译序中说"有时采用逐词译，有时采用意译，尽量做到明白易懂"，有时"随心所欲的活译"。此后的阿尔弗里克也多采用意译，注重译文的"简明易懂"，他不用华丽的辞藻，也不用人们不熟悉的词语，而采用质朴的译法，只用"纯属本民族语言、意思清楚明了的词语"，避免译文晦涩难懂。从这些观点中我们可以看出西塞罗观点的影响："我不是作为解释员而是作为演说家翻译的。我所注意的并不是字当句对，而是保留语言的风格和力量。"阿尔弗里克更是坦言，他曾研究过哲罗姆的翻译理论。哲罗姆说过："在翻译中，很难保留外国语言中特殊而绝妙的措辞风格。每一词都有它自己的独特意思。我也许找不到适合的词来翻译它……如果逐字对译，译文就会佶屈聱牙，荒谬无稽；如果不得不做些改动或重新安排，则会显得有负于译者的职责。"

英国文学是借助翻译诞生的，而这些围绕翻译的思潮，显然是与整个文学思潮联系在一起的。

二、中世纪英国文学思潮（5—15世纪）

中世纪指文艺复兴时期同古希腊罗马时期之间的1000年，即从公元5世纪至公元15世纪的1000年。这1000年之久并不全是一个"黑暗的世纪"，真正的黑暗只有自5世纪至10世纪的500年时间，这一时期的英国，是由盎格鲁-撒克逊人统治着，随着封建制度的逐步建立，诞生了新的文明。即从1050年到1300年的200多年,人们称之为"原始文艺复兴"时期,这实际上是14—16世纪欧洲文艺复兴的先声,是一个过渡的历史时期。15世纪后期人文主义者开始使用"中世纪"一词,用以表述西欧历史上从5世纪罗马文化瓦解到人文主义者正在参与的文明生活和文艺复兴的时期。构成中世纪文明的基础来自三个方面:古希腊罗马的遗产、日耳曼和斯堪的纳维亚的社会模式。中世纪社会最突出的特征是它的多样性和复杂性,它实际存在着四种相互重叠、相互制约的结构:经济结构、领主制结构、教会结构、君主制结构。

11世纪之后的英国,随着经济的逐步发展,一个知识发酵的过程也在开始,人文主义思想得到高扬。约翰·威克里夫、英国诗歌之父乔叟、戏剧之王莎士比亚、近代唯物主义始祖的培根等都是文艺复兴时期的重要人物。到了15世纪末,哥白尼的"日心说",用科学真理给几千年来上帝创造世界的神学以毁灭性打击,哥伦布、麦哲伦的地理大发现为地圆说提供了无可辩驳的证据。路德发起宗教改革运动,英国开始了文艺复兴的进程。人文主义与文艺复兴运动这两件大事,一扫英国中世纪的沉闷气氛,带来思想界和文化界的新气象。尤其是文艺复兴运动,开启了英国的历史从中世纪向近代的迈进进程。文艺复兴时期形成的思想体系被称为人文主义,它主张以人为本,反对中世纪以神为中心的世界观,提倡积极进取、享受现世欢乐的生活理想。托马斯·莫尔是英国最主要的早期人文主义者,他的《乌托邦》批评了当时的英国和欧洲社会,鞭挞当时社会弊端，设计了一个社会平等、财产公有、人们和谐相处的理想国，描绘出人类理想社会的面貌，成了人类文明史和思想史上的一大盛事，笔触所到，意蕴显豁，思想犀利，透过历史的迷雾洞察到未来的梗概。

三、近代英国文学思潮（16—18世纪）

英国16世纪文学界盛行一种风气，即作者为了建立起与读者的亲密关系，喜欢在作品中添进前言和后记。而且在16世纪中叶伊丽莎白登位前后的年代里，理论探讨盛极一时，从而出现了各种文艺思潮。

（一）古典主义

古典主义在17世纪开始统治英国文坛，至18世纪得到发展。古典主义既可指古代艺术，又可指受古代影响的后期艺术。古典主义是17世纪欧洲的一种重要文艺思潮和流派，它在创作实践和理论上均以古希腊、罗马的文艺为典范，因而有"古典主义"的名称。法国文艺理论家布瓦洛的《诗的艺术》具有古典主义文艺宣言的意义。古典主义在文学理论和实践上提倡有意识地学习古代的艺术方法，并采用古代文学艺术的体裁、题材、情节、相似冲突和性格，以表现新的历史内容和作家对现实的态度。这一流派的作家肯定统一的民族国家、爱国主义、社会义务等思想，宣扬自我克制，以个人利益服从封建国家的整体利益，但在一定程度上谴责专制暴政，揭露贵族的荒淫无耻的行径。他们在政治上拥护王权，但并不一味颂扬封建君主。古典主义以笛卡尔的唯理主义为哲学基础，崇

第二章 英美文学思潮与风格的演变

尚理性,把理性作为文艺创作和评论的最高标准。它要求文学的语言准确、典雅、明晰并合乎规范,艺术形式符合"三一律"的模式,结构严谨朴素,故事情节的发展合乎常情。直至约翰逊的去世,才标志着理性时代的结束。

在近代英国美学史上,欧洲古典主义美学受到重视。英国先期的古典主义着重于韵文和修辞学的研究,如科拉克斯的《修辞学的艺术或技巧》、韦尔逊的《修辞艺术》、阿谢姆的《校长》、盖斯科固的《作诗讲稿》、普登汉姆的《英国诗歌艺术》、布洛卡的《简略文法》和韦伯的《英国诗歌讨论集》等。

琼生被称为"英国古典主义之父",他是批评家,翻译过贺拉斯的《诗艺》,写过论诗艺的评论散文。其杂文集《发现》,表现了他古典主义的美学思想,他坚持艺术的模仿原则。德莱顿是英国古典主义流派的创始人,在文学思潮和英国文学史上的卓越地位,也由他在文学批评方面的功绩而定。他的对话体《论戏剧诗》和《悲剧批评的基础》都是严守古典主义思想的杰作。但他也并不抹杀情感,认为它是戏剧的灵魂。正是他的文学论著使英国文学评论成为一个独立门类。他还通过一系列精心撰写的序言,阐述了文学鉴赏和评论的原则与标准,在毫无先例的情况下,透过纷杂的文学现象,选择出英国文学史以来的优秀作家和作品,依照一定的美学原则加以评述,从而为英国文学批评奠定了基础,获得了"英国文学批评的创始人"之称号。在某种意义上来说,洛克可以说是18世纪英国的理论家。他的名作《人类理解论》是18世纪最重要的哲学著作之一。他反对"天赋观念"论，提出感官的重要性，认为感官的经验是取得知识的途径，人类知识起源于感性世界的经验。洛克实际上强调了理性在认识和理解世界过程中的重要。他提出，人降生世上，天真如白纸。他主张人性善。这和原罪说大相径庭。洛克的另一大理论是关于民政的。他的政治学观点是，人生来尚理性，无偏见。这相当于中国的"人之初，性本善"理论。人有权追求幸福，为己谋利，又为社会造福。他认为国家实乃一种契约形式，一种互相监督与制约的形式。这和封建制度南辕北辙。但他的民政理论有助于议会制与资本主义的发展，美国的独立与建国应当说和他的理论有紧密联系。

古典主义思潮也往往通过翻译展开论争，并通过翻译理论体现古典主义思潮。翻译家受古典主义思想影响，大规模地从事古典作品的翻译。在方法论上，译者和作者一道，深深地卷入了风行一时的"古今之争"，直译和意译的问题就跟厚古薄今、厚今薄古的问题紧紧地联系在一起。在18世纪仍有古典主义声势的时期，有蒲柏和库柏两个代表不同流派的翻译家。蒲柏翻译的荷马《伊利亚特》和《奥德赛》虽不确切，但曾一度被奉为标准的译本，成了当代人所理解的英雄的典范。他的《伊利亚特序》既是很有见地的翻译理论文章，也是一篇形象生动，辞采优美的好散文。

从18世纪下半叶起，随着英国工业革命的兴起和现代科学技术的发展，民族语的科技翻译渐呈上升之势。这对物理学和社会科学在各国的传播和发展作出了很大的贡献。当时被各国翻译家介绍得最多的是英国

第二章 英美文学思潮与风格的演变

哲学家洛克、法国化学家 A.L. 拉瓦锡和英国物理学家法拉第等人的著作。

就翻译理论而言，18世纪是西方翻译史重要的发展时期，理论家们开始摆脱狭隘的范围，提出较为全面、系统、具有一定普遍性的理论模式。阿诺德和纽曼，围绕荷马史诗的翻译问题展开了一场激烈的大争论，活跃了学术讨论的气氛，丰富了理论研究的内容。阿诺德是19世纪英国人文主义文学批评的杰出代表，他有关文学与文化的论述对后世影响很大。他在《论荷马史诗翻译》（*On Translating Homer*，1861年）一文中，提出译作必须具有与原作相同的感染力，使读者在诵读译作时能得到原作读者诵读原作时所具有的那种感受，而检验这种相同感染力的是学者而不是读者，因为只有那些既懂得原语文字又能鉴赏诗文的"高水平的读者"才知道荷马最初读者的感受。阿诺德还从古典主义立场出发，遵从古人。如他讲究文学风格，认为荷马的特点是笔调轻快、文字清晰、思想朴素、风格崇高。掌握了这四个特征，便能正确地理解并再现荷马。而要再现荷马的这些特征，"必须在必要时毫不犹豫地牺牲在字面上对原作的忠实，不担直译的风险，产生出怪诞和不自然的结果"。他认为使用陈旧的词汇，照搬荷马原作中的复合形容词，使用人为的"诗体"语言，都是与写作平易自然的特征格格不入的，应当尽量避免。

至18世纪末，翻译理论出现了突破。理论的研究不再局限于零散的观点和方法，而开始出现全面、科学而系统的论述翻译问题的专著。首先是坎贝尔，他写过《修辞哲学》一书，被认为是18世纪最重要的著作。

他于 1789 年发表的著作中曾指出如何从词汇和语法方面取得对等翻译的应用理论,其理论的广度和深度都超过前人,许多思想已成为 20 世纪语境理论、灵活对等理论和风格比较等理论的先导。尤其是他所提出的翻译三原则具有划时代的意义:准确地再现原作的意思;在符合译作语言特征的前提下,尽可能地移植原作者的精神与风格;使译作像原作那样自然、流畅。

泰特勒 1790 年发表专著《论翻译的原则》,首先给"优秀的翻译"下了一个定义:"原作的优点完全移植在译作语言之中,使译语使用者像原语使用者一样,对这种优点能清楚地领悟,并有着同样强烈的感受。"其次,根据这个定义,他提出了翻译必须遵守的三原则:(1)译作应完全复写出原作的思想。(2)译作的风格和手法应和原作属于同一性质。(3)译作应具备原作具有的通顺。这是三项总的原则,在每项总原则下又分若干细则,并从希腊语、拉丁语、法语、西班牙语、意大利语和英语之间的名作互译中旁征博引,以印证他所提出的原则和观点。泰特勒的翻译理论不仅是英国翻译理论史上而且是整个西方翻译理论史上一座重要的里程碑,它标志着西方翻译史上一个时期的结束和另一个时期的开始。(张泽乾《翻译经纬》)

后期的古典主义代表人物是戴夫南特与霍布斯。霍布斯的《利维坦》,主张君主专制,但他反对君权神授,认为君权来自人民,人是生而平等的。为了和平安定地生活,人与人订立了一种社会契约。他还认为诗人的幻想和想象富有哲理和建设性，它可以包括判断力，即智力上的判断力，它不仅燃烧和飞翔，而且思考和分类。精神不是别的，正是身体某些器官的运动，理性依赖名词，依赖想象力，而最终依赖于运动，诗人和哲学家，应该是属于同一知识领域的两种职业者，想象力只有沿着哲学的道路前进，诗歌才能取得更好的结果。霍布斯的思想反映了15世纪始，随着君主专制的建立，专制主义的政治理论写作得到强调的状况。

（二）新古典主义文论

西方艺术史上有意直接模仿古代艺术的阶段通常称为"新古典主义"阶段。新古典主义亦即古典主义，因为新古典主义发端在启蒙时期，在这个时期既有古典主义倾向，又有科学求新的变革，所以称为新古典主义。文学上的新古典主义时期指从1660年英国王政复辟到1798年华兹华斯发表《抒情歌谣集》之间这段时期。"新古典主义"文学倡导恪守希腊罗马时期的古典美学原则，如秩序、理性、戏剧创作三一律等，它和文艺复兴的最大区别是，后者更注重古典文艺中的人文主义精神而非形式上的金科玉律。18世纪初，新古典主义成为时尚。因此这一时期的文学在形式上强调各种体裁的既定格式，在主题上则强调文学的道德说教性，较为古板。但理性主义和散文创作的繁盛也为后来现实主义文学高峰奠定了基石。新古典主义推崇理性，强调明晰、对称、节制、优雅，追求艺术形式的完美与和谐。文学上崇尚新古典主义，其代表者是表现出启蒙主义精神的散文作家们,他们推进了散文艺术。布朗的《论和谐》,即反映了新古典主义的基本思想。

(三)文艺复兴与文学思潮

文艺复兴时期是14世纪至16世纪欧洲文化和思想发展的一个历史时期,是欧洲由中世纪到现代的过渡时期。文艺复兴最早源于意大利,其在当时的欧洲已经率先完成了从封建主义向资本主义过渡的阶级准备、思想准备和物质准备。新兴资产阶级的诞生,他们需要取得与自身经济地位相适应的社会地位,需要将本阶级的价值观、思想文化提升为社会主流。但当时的资产阶级还是刚刚登上历史舞台、正在成长的新生力量,为抗衡并最终战胜其时顽固、保守、愚昧而残暴的天主教会,必须找到一种强大的思想武器来武装自己。这种思想武器必须能唤起大众的觉醒意识,同时应以非暴力、非革命的面目出现。于是资产阶级将目光投向了古希腊、古罗马时期。他们认为,那是欧洲人都引以为豪的光辉时代,是欧洲文化史上的一个高峰,那时盛极一时的古典自然科学、哲学、文学、艺术和罗马法将可用以同天主教会作斗争的实用的、有效的武器,并积极倡导"复活""再生"古希腊、古罗马文化,掀起了从文化到社会各领域的变革活动。"文艺复兴"即由此得名。所谓"复兴"是指复兴古希腊和古罗马的古典文学艺术,以人文主义为核心,打破中世纪封建桎梏。此外,文艺复兴还包括新航路的开辟和天文地理等领域的大发现,是欧洲封建制解体、资本主义上升的时期。

文艺复兴是欧洲历史上一次重大的新文化运动，是人类历史上一个百花齐放、硕果累累、群星争艳、人才济济的光辉时代。文艺复兴的核心是"人乃万物之本"，主张以个人作为衡量一切事物的尺度。人文主义者重视人的价值，提倡个性与人权，主张个性自由，反对天主教的神权，主张享乐主义，反对禁欲主义，提倡科学文化，反对封建迷信。文艺复兴运动对欧洲乃至世界的社会、文化的发展起了重要的推动作用。文艺复兴诱发了宗教改革，开创了现代世俗国家的雏形，文化领域内以个人为本的内容及严谨典雅的形式都成为后世学习的典范，人文主义者的杰出贡献还在于奠定了现代自然科学的基础。同时，文艺复兴运动是欧洲历史上一次思想大解放，表达了资产阶级破除封建思想体系的精神桎梏，解放生产力、建立新的生产关系的要求。文艺复兴开阔了人的视界和对自身之外世界的认识，也开始了欧洲一体化的趋势。18世纪的前启蒙主义运动，使"欧洲受过教育的阶级从来没有形成过比这更加世界主义化的社会"[①]这种"世界主义"精神使人们充满"激烈行动和创新"（巴特勒），尤其是"批判理性"。正如布洛克所说："启蒙运动的了不起的发现，是把批判理性应用于权威、传统和习俗性的有效性，不管这权威、传统、习俗是政府方面的，还是社会习惯方面的。提出问题，要求进行实验，

---

① 布洛克：西方人文主义传统[M] 董乐山，译.北京：生活·读书·新知三联书店，1997.

不接受过去一贯所作所为或所说所想的东西，已经成为十分普遍的方法论。"这种批判理性使自我意识更加深化，它一方面使批判理性得到前所未有的张扬，以至于启蒙运动与理性主义相等同。另一方面人的主体意识进一步强化。

从休谟的"人性论"推崇人的经验开始，感情就成为一种形成信念的力量。布洛克说："在18世纪中叶以后的启蒙运动第二阶段，卢梭的著作激励了一种感情的复活和对感性的崇拜，它与批判理性这一信念的关系，是复杂和混乱的，但它充实而不是否定了启蒙运动的另一条信念——对自由的信念。"正是这种"自由信念"促成了19世纪初英国的浪漫主义文学运动。英国18世纪的经验美学的遗产，也加剧了人本主义的升温。这时期还有一种感伤主义或称作早期浪漫主义的文学现象在英国蔓延，虽然它和19世纪那一场壮观的浪漫主义文学运动未必一致，但它确实铺垫了一种对感情、人性的热忱。

文艺复兴在15世纪末都铎王朝时期传到英格兰并在16世纪达到高潮。英国自16世纪战胜了西班牙，夺取了海上霸权，对美洲进行贸易和殖民扩张，便一跃而成为西方最先进的资本主义国家，政治上推翻君主专制制度，建立了内阁议会负责的代议制，经济上进行工业革命，以机器工厂代替手工业工厂。政治、经济的发展促进了文化的进步，英国16、17世纪伊丽莎白王朝时期最可贵的特点是：强烈的求知欲，勇敢的冒险精神以及实验新思想、尝试新表现形式的开拓进取心。那个时代实际上正如丁尼生所说的,是"洋洋大观的时代"。那个时代的人们惊人地多才多艺。政治、经济的发展促进了科学技术的进步,自然科学在牛顿的影响下日新月异,社会科学吸收自然科学的养料建立起了一套经验主义的思想体系,否认所谓先天的理性观念,强调感性经验是一切知识的来源。而从根本上来说,这种经验主义思潮又是有着源远流长的历史传统和民族底蕴的,那就是英吉利民族的学术传统及传统的理论思维方式,就是"实用精神"。这种实用精神,其实质就是一种求真务实的精神。当德意志沉湎于抽象玄虚、纯粹思辨的哲学时,英吉利却在构造直接研究国计民生、社会进步的经济——社会学大厦。

(四)启蒙主义与文学思潮

18世纪在资本主义经济发展的基础上,在自然科学和唯物主义哲学的影响下,启蒙运动爆发,这是继文艺复兴之后的又一次全欧性的文化思想运动。启蒙运动继承并发展了文艺复兴的精神,更进一步把斗争的矛头直接指向封建社会的全部上层建筑,目的是要推翻封建大厦并在其废墟上建立起一个新兴资产阶级的"理性王国"。启蒙思想家们用相信人类不断进步、社会需要共同的繁荣昌盛、人民需要普遍享受自由平等的幸福生活等先进思想,来启发教育群众,因此称为"启蒙"。笛福、斯威夫特、菲尔丁等都是启蒙运动的思想家,也是启蒙文学家。他们把文学创作看成宣传教育的有力工具,致力于反映人民大众的日常生活,描写普通人的英雄行为和崇高精神，深刻揭露封建社会的腐朽与黑暗，甚至暴露资产阶级的缺点。启蒙主义文学在理论上、实践上都为19世纪欧洲现实主义文学打下了坚实的基础。康德说："启蒙就是摆脱自己造成的不成熟的状态。"表明启蒙就是甩掉拐杖，自己解放自己。体现在哲学上，就是要用唯物主义代替唯心主义，文艺上用资产阶级趣味反对封建贵族的宫廷趣味和清规戒律，政治上用君主立宪、共和制、三权分立等代替封建贵族阶级的君权神授和君主专制等。

18世纪也是英国的一个启蒙时代，所以这些思想早在英国资产阶级革命时期就已有所显现。英国不仅是现代唯物主义的发祥地和现代实验科学的始祖，也是现代政治哲学的故乡。休谟、霍布斯和洛克不仅都是著名的唯物主义者，而且是国家政治理论的奠基者。休谟的《人性论》，霍布斯的《论政体》《利维坦》等著作，首先提出"社会契约论"的国家学说，认为建立在社会契约基础上的国家，可以避免人对人像狼一样互相斗争的自然状态。洛克的《政府论》反对君主专制，主张君主立宪和代议制，主张财产私有是充分自由是神圣不可侵犯的天赋权利，国家产生和存在的首要目的，就是保护私有财产。

在启蒙理性思想影响下，18世纪的英国，美学和文学思想也是丰富多彩的。18世纪的英国文学思潮总的说来是启蒙主义的理论，而启蒙主义时期又被冠以"理性的时代"。不过也有既重理性又不忘情感的，如韦勒克即认为文艺批评家是联系理性与情感的媒介，他既坚持古典主义的基本原则,又广泛融汇同时代人的新思想。他的《批评的概念》一书,就是运用各种美学思辨来讨论文学批评,企图使批评成为一种自成体系的"理性的科学",给人提供"美的艺术的真正原理"。为此,他以感觉论、体验论作为自己美学思想的基础。他认为语言艺术是传达思想的艺术,对艺术的最重要的要求,是把形象的生动性与情感的感染力结合起来,并认为所有人的本性应该是共同的,用他的话说就是:"不同种族的人的思想感情之中有一种奇妙的统一性。",因而审美趣味和道德情操也有相通之处,它们受社会因素的影响和制约。他还特别强调文艺的审美教育作用,它建立在人与艺术之间的情绪沟通或移情作用的基础之上。这些思想为文学翻译的等效原则奠定了基础。他还很有意义地区分了美与丑:能产生甜蜜和愉快情感的物体是美的,能产生痛苦和不快情感的物体是丑的。这对于理解美与丑这一对难以把握的美学命题具有基本的指导意义。因此,有人指出18世纪是一个"通情达理"的时代,"理"即理性,"情"即情感。"理性是从上一世纪即17世纪继承下来并发扬光大的,而情感则是矫理性之弊而新提出来的。"[①]

约翰逊的文学思想注重现实主义、道德主义与抽象主义的结合。其中现实主义旨在以真实为标准,要求艺术当作生活的一面镜子,小说家当作人类风尚的公正的复制者,要求诗的职责是描写永远不变的自然和情欲。道德主义指的是道德真理标准,即在模仿自然时,有必要区分自然

---

① 李思孝. 简明西方文论史[M]. 北京:北京大学出版社,2003.

中最适于模仿的那些部分，在再现人生时，对激情和邪恶需要更加谨慎。抽象主义指的是艺术上的普遍性。比如在语言上，应使用普通语言而不能标新立异，即使是诗歌语言或借用的术语，都应当渗透在一般语言表达之中。这三条大致相当于美学和翻译标准中的真善美三原则，可见，这些思想对散文创作和翻译标准都具有重要意义。他还在《拉塞勒斯》中说道："诗人的本分是审查整个种属，而不是个体；讲述一般特征和大致外表。诗人不去数郁金香有多少条花纹，也不描绘森林绿色的深浅之别。他通过对自然的描绘来展示鲜明突出的一般特征，把原初的景象展现在心灵面前。他必须对细微差异忽略不计，锱铢之别，未必都得细究，对它们粗看和细辨没有什么明显的差别。"这与我国重神似不重形似的理论不谋而合。在语言上，他认为不同的语言是按不同的原则构成的，因此在两种不同的语言中，同样的表达形式不可能总是同样优美。如果两种语言"同路"，最切近原文的翻译就是最好的翻译；如果分道而行，则必须选择合乎语言自然发展的路线。即使达不到一致，也可求得基本相同。他注重风格，认为大凡洗练的语言都会有不同的风格，有简洁风格，有冗杂风格，有高雅风格，有朴素风格。能否译得成功，要看译者能否选择适当的风格。在表达原作者的思想时，译者必须采用作者在英语中所要采用的表达形式。原作粗犷，译作不可精细；原作夸张，译作不可拘谨；原作故作庄重，译作不可加以削弱。一句话，译者必须像原作者，是什么就还他什么，没有权利超越他。此外，他还反对文艺上的清规戒律，认为它们充其量只可以作为参悟的工具，而天才则超越其上。这对于艺术和翻译方法技巧又是具有启发意义的。与约翰逊的思想大致相当的是雷诺兹，不过他认为没有规则便没有艺术，他批评那种把规则视为天才桎梏的观点，认为规则对于庸才才是桎梏。他的主要散文论著《讲演集》以及发表于《闲散者》上的文章，都是该时期重要的散文作品。

在英国，人文主义兴起于 16 世纪，新古典主义兴起于 17 世纪，启蒙主义文学潮流兴起于 18 世纪。这三股文学潮流都以理性著称。所谓理性，就是把一切现象都归因于自然而不归于奇迹的倾向，这是明显区别于此前中世纪的一种思维方式。

四、现代英国文学思潮（18 世纪—1960 年）

（一）感伤主义文学思潮的兴起

经历了文艺复兴和启蒙运动后，文学已不再是只会单纯模仿现实的镜子，而是变得犹如一盏灯，照射出作家变动不安的内心世界（艾布拉姆斯《镜与灯》）。意即文学更加倾向内在个性，文学的内向性和作家的艺术个性跃居普遍理想之上，已不同于"重视共同生活的外向的启蒙时代"，它敌视一切外在权威，"除了忠实于艺术家的经验以外不承认其他任何律条"，却正因着关注自我而将不同个性的"无限的多样性"呈现给读者。"多样性是对 18 世纪追求单纯和普遍性的艺术理想的反驳，后来的艺术家把那种整一性打成无数个性化的碎片。"（巴特勒）而对艺术个性的关注不仅是作家自己之事，"19世纪前30年里，对艺术家的个性产生的强烈兴趣开始滋长，蔚为大观的传记热可为佐证。"（巴特勒）这也导致作家对读者的关注。然而如何在回归内心和关注读者之间取得平衡，又成了理论的热点。

至18世纪末，由于文艺自身的发展，人们对统治英美这两个世纪之久的新古典主义发起挑战。他们在社会和自然、现在和过去、主观和客观、感性和理性等问题上，与新古典主义反其道而行之，把自然、过去、主观、感性等摆在第一位，于是出现了英国的感伤主义，这为浪漫主义的兴起做了准备，故称"先浪漫主义"。先浪漫主义源于保守派文人墨客反对启蒙运动，并将其在"哥特式小说"中表现得淋漓尽致。之所以称为"先浪漫主义"，是因为当时大部分冒险传奇故事都是取材于中世纪时代。在这种思潮看来，邪恶的力量统治着世界，与一个人的命运抗争毫无用处，神秘因素扮演着重要角色。

随着英国工业革命的进行，许多作家对资本主义工业化发展给大自然和农村传统生活方式带来的破坏发出悲哀的感叹，以大自然和情感为主题的感伤主义作品一度流行。感伤主义是欧洲启蒙运动中接替古典主义的一种文艺思潮和派别，因斯特恩的小说《感伤旅行》而得名。感伤主义反对纯理性主义和古典主义的国家概念，提倡刻画内心世界，描写自然景色，抒发真情实感，崇尚人际关系的淳朴、真诚，反对贵族阶级的冷酷和丑恶，表现了对当时社会的不满。在文学的题材、体裁和艺术手段等方面，感伤主义开拓了新的天地，创造了建立在人的个人家庭和生活的冲突上的心理小说和"流泪喜剧"等文学样式,并将日记、自白、书简、游记、回忆录等形式运用于小说创作。感伤主义强调人的个性,抨击古典主义的封建桎梏,为浪漫主义开了先河。这一思潮在当时具有进步意义,但有些作品内容空虚,流露出浓重的悲观失望和消极厌世情绪。感伤主义的理论基础是卢梭关于人性善良的学说,以及他"关于道德的培养是靠体验到强烈的同情心"的信念。其产生源于某些启蒙运动家对社会现实的极大不满、对新古典时期的严峻和理性主义的反对,他们不断同封建主义作斗争,但与此同时却又没有意识到资产阶级的不断发展及其带给人民奴役、毁灭之间的矛盾。尽管启蒙运动家的哲学是合理的、唯物主义的,但它并不排除以意识和情感作为理解和学习的手段。同时,自然学派由"自然人"组成,学派中"自然人"将他们的情感寄予最有人性和自然的行为举止中,与狡猾、虚伪的贵族阶级完全相反,这样的一个学派受到了广大启蒙运动家的支持,并且帮助他们与那些与生俱来、高高在上的贵族统治阶级特权作斗争。但是英国后期的启蒙运动家得出结论:与所有论证背道而驰的社会不公平现象仍然到处可见,之后他们发现理性的力量仍有所欠缺,因此借助伤感作为谋求快乐和社会公平的手段。感伤主义把对情感的分析提高到一种艺术境界,它对所述主题作隐晦或不切实际的陈述,以激起读者脆弱的感情、怜悯或同情心到不相称地步。如不仅对周围的同情心所深深感动,还对日落、景色或音乐产生敏锐的反应。感伤主义的代表作家有高尔德斯密斯、斯特恩等。如高尔德斯密斯的《威克菲尔德的牧师》，鲜明地对照了贵族阶级的堕落、城市生活的腐败同恬静、家庭和谐的田园风光、大自然怀抱中家族式的生活以及乡村人与人之间的和平相处的矛盾。斯特恩的《项狄传》和《感伤旅行》的风格和结构同合理编排的小说大相径庭，两部作品表达了作者对待生活完全感情化的态度。

（二）浪漫主义思潮

当古典主义思想逐渐衰落时，浪漫主义思想开始兴起。英国浪漫主义由珀西、麦克弗森和查特顿引领，以司各特的去世为终结。布莱克和彭斯被称作前浪漫主义潮流诗人。浪漫主义最充分地体现在诗歌中，主要代表是"湖畔派诗人"华兹华斯、柯勒律治。另有拜伦、雪莱、济慈、司各特、克莱普、莫尔、坎贝尔、胡德等人。他们表现为对中世纪文学重新萌发的兴趣，反驳新古典主义，崇尚自然，主张返璞归真，认为诗歌内容不再是对现实的反映或道德说教，而是诗人内心涌出的真实感情，诗歌语言不是模仿经典作家去追求高雅精致，而是要贴近普通人的日常用语。如果说18世纪的启蒙运动极力推动对公众的关注，对社会底层的人道主义关怀，那么到了19世纪初的浪漫主义运动，便明显地显示出对这一特质的背离。"艺术是艺术家的自我表现"的信念，在1800年以后强烈地表现出来。"个人弃绝的不仅是他自己的社会，而且是在社会中生存的原则本身——这意味着浪漫主义和浪漫主义之后的艺术家常常挥斥一切政治活动，认定它们外在于我、过于务实而庸俗。"（巴特勒）这就使19世纪英国浪漫主义作家获得了一种前所未有的巨大的情感力量，而使自己开始关注个人和个人的表达。对此，巴特勒指出："在海什力特看来，文学首先是表达，是自我表达，是作家个人的个性以及对他持同情态度的替身自我（alter ego）即读者的个性的一种功能。"

浪漫主义文学运动遍及英美文学创作中，影响所及，议论散文所写对象与自身风貌，无不被打上浪漫思潮烙印。浪漫主义作为一种创作方法和风格，在表现现实上强调主观与主体性，侧重表现理想世界，把情感和想象提到创作的首位，常用热情奔放的语言、超越现实的想象和夸张的手法塑造理想中的形象。欧洲浪漫主义时期，资产阶级正值革命和上升的时代，要求个性解放和感情自由，在政治上反抗封建主义的统治，在文学艺术上反对古典主义的束缚。华兹华斯和柯勒律治经历过思想转变，从拥护法国革命变成反对。于是前者寄情于山水，在大自然里寻找慰藉；后者神游异域和古代，以梦境为归宿。两人的诗歌合集题名《抒情歌谣集》，于1798年出版。两年后再版，华兹华斯加了一个长序，序中对诗歌作出了著名定义："好诗是强烈感情的自然流溢。"他主张诗人"选用人们真正用的语言"来写"普通生活里的事件和情境"，而反对以18世纪葛雷为代表的"诗歌辞藻"。他进而论述诗和诗人的崇高地位，认为"诗是一切知识的开始和终结，它同人心一样不朽"，而诗人则是"人性的最坚强的保护者，是支持者和维护者。他所到之处都播下人的情谊和爱"。

这一理论有足够的实践作为支持。这篇序言被视为英国浪漫主义的宣言，标志着英国浪漫主义文学的真正崛起。柯勒律治的理论著作《文学传记》还吸收了德国哲学家谢林的论点，对浪漫主义诗歌的特色，尤其是想象力在诗歌创作中的重要作用，作了精辟的论述，使他成为英国文学批评史上最敏锐的理论家之一。

然而，浪漫主义又是一个比较笼统的概念，每位作家都有其特征。同样是"湖畔派"诗人，华兹华斯将大自然视为灵感的源泉，自然美景能给人力量和愉悦，具有疗效作用，使人的心灵净化和升华，柯勒律治则赋予自然神奇色彩，擅长描绘瑰丽的超自然幻景。19世纪初英国浪漫主义文学的代表是拜伦、雪莱和济慈。他们抨击封建教会势力，表现出争取自由和进步的民主倾向，在艺术上发展和丰富了浪漫主义诗歌的形式和格律。拜伦和雪莱属于革命诗人，但拜伦自我表现意识强烈，而雪莱深受柏拉图哲学影响，憧憬美丽的理想。济慈一生追求美，是创造艺术美的天才诗人。小说家的代表人物司各特善于把历史事件和大胆想象有机结合起来，创造出丰富多彩的画面。19世纪20年代初，济慈、雪莱和拜伦相继英年早逝，英国浪漫主义诗歌由强转弱，风势渐衰。

浪漫主义时期的思潮中，有夏夫兹博里论述哲学、美学和伦理学的散文著作《论人、习俗、意见、时代的特征》，他对美有独到的见解。他认为美是形式，是和谐的形式，或形式的和谐。物质只有形式赋予的比例、尺度、和谐，才能显得美。又认为真善美是统一的，它们有共同的基础。

第二章　英美文学思潮与风格的演变

有贝莱克提出美在于合目的性的观点。他指出："一种事物只有当它符合自己产生的目的时，才是完美的。"（库恩《美学史》）有休谟的《鉴赏的标准》专论，书中说"美不是物自身里的性质，它只存在于观照事物的人心之中，每个人在心中感受到的美是彼此不一的，对于同一对象，一个人可能感受到的是丑，而另一个人却感到了美；各个不同的人都应该默认他自己的感受，不必去随声附和别人的看法"，揭示了美的主观性一面。休谟认为审美趣味是无可争辩的，其标准是从普遍存在于各个国度和时代的人们的快感经验中概括出来的。他指出："同一个荷马，两千年前在雅典和罗马受到人们喜爱，今天在巴黎和伦敦还在为人们赞美。风土人情，政治和语言方面的千变万化，不能磨损它的光辉。"其基础是人类天性中普遍存在的一种共同情感，它比建立在理性基础上的科学体现的标准，更持久和具有普遍性。还有博克，他认为美是物体本身的一种情感品质，认为美是"物体中能够引起爱或类似的感情的一种或几种品质"。这是强调美的客观性。他还认为美同目的的适宜性也无关，圆满也不是美的原因。他的美学还涉及诗画界限问题，他说荷马写海伦的美，不着一字，尽得风流，是依赖同情去赚取感人的效果。这与我国的意境理论大致相同。西德尼则专注诗学的研究，他的《为诗辩护》指出艺术模仿自然，如同把铜的世界（自然）变成金的世界（艺术），其功用可概括为教育和怡情悦性，"只有那种怡情悦性的，有教育意义的美德，罪恶或其他等等的卓越形象的虚构，这才是认识诗人的标志"。

（三）维多利亚（1819—1901年）时代的文学思潮

英国自从拿破仑战争结束以后，在百余年内未经历过大的战乱。至维多利亚1837年继承王位，统治英国直到1901年逝世，是英国历史上在位时间最长的君主，她在位的这个时期被称为"维多利亚时代"，是英国历史上最为光辉灿烂的盛世。值此盛世，英国科学、工业和文化艺术都得到极大发展，国家经济得以高速发展，国民生活水平亦有所提高，印刷术的发展促进了文学艺术的空前繁荣，还形成了男女平等和种族平等的进步观念。维多利亚时代是英国进入现代的转折阶段，思想和文化也都相应发生了深刻的变化，包括信仰危机、宪章运动，思想革命和科学革命也声势浩大，科学、文化、艺术出现繁荣的局面。尤其是达尔文《物种起源》的发表日益深入人心，进化论思想由朦胧状态渐至清晰状态，致使西方文明基石受到科学思想的挑战，日益衰微。达尔文是英国博物学家，进化论奠基人，1859年发表《物种起源》，创立进化论及自然选择学说。提出关于进化机制的生物学学说"达尔文主义"，用以解释机体变化的原因，认为进化在本质上是由下述三种因素相互作用而发生的：（1）变异，一种自由化的因素，普遍存在于一切生物中。（2）遗传，一种保守力量，使相似的机体形态代代相传。（3）生存竞争，决定能适应一切环境的变异，从而通过选择性死亡率来改变生物体的构成。达尔文的生物进化论虽然源自自然科学领域，但一产生就被人引向社会领域，形成所谓"社会达尔文主义"，接踵而来的关于进化、人与社会的本性等根本问题的激烈

第二章 英美文学思潮与风格的演变

论争的风暴席卷了全国,西方的信仰危机以及由此而衍生出的虚无主义、存在主义、悲观思想、物质主义、拜金主义思想的风靡导致可怕的精神空虚便从此开始。就文学思潮讲,尤其是进化论思想影响了整个维多利亚时代所有的作家。达尔文认为,生物自原初便一直在进化,其中唯有善于适应外界变化者方可生存和发展起来,这就是他所说的"适者生存"。在思想和理论领域还产生了功利主义哲学,讲究务实,主张个人发展和社会改革,提倡民主政治和发展教育,尊重男女平等和种族平等。功利主义哲学反映了维多利亚时代中产阶级的思想和要求,对19世纪英国人的思想产生了深远的影响。

围绕达尔文学说,又有赫胥黎和斯宾塞的建树。赫胥黎是英国生物学家,著《物种起源》,与胡克、赖尔一道支持达尔文及其进化论,宣告科学已从神学中独立出来。在对科学发展和人们思想行为影响方面,几乎没有人比得上他。他的文风如行云流水,通畅自然。他十分注重文章的科学性,在论辩时直言不讳,抓住对方弱点,据理驳斥。斯宾塞也是早期进化论者,强调用科学方法来研究社会现象。认为哲学是各专门学科基本原理的综合,是用以代替中世纪神学体系的科学总结。他著有《综合哲学》10卷,对生物学、心理学、人类学以及社会学影响甚大。1864年在《生物学原理》中创"适者生存"的提法。在《第一原理》中认为宇宙及生物发展的动力是一种未知和不可知的力。在《社会静力学》中将进化论引入社会学,认为社会通过劳动分工而进化。他反对原始的专制主义，主张文明的个人主义，主张真正自由应限制议会的权力。

在英国文学史上，维多利亚时代是与伊丽莎白和浪漫主义阶段并列的三个文学高峰。文化艺术和文学思潮更是全盛时期，文艺上先后出现了古典主义、新古典主义、浪漫主义、现实主义、自然主义、唯美主义、象征主义、印象派艺术以及后印象派等主要流派。还有在一些社会和政治学说中，也包含一些文艺思想，或者说是同一定的意识形态相联系的文学理论。有的表现为社会主义的普遍形式，有的表现为民族独特形式，还有反叛传统而标新立异。其中空想社会主义思潮，继承16世纪莫尔《乌托邦》对理想的社会制度的空想的推写，出现了欧文的社会主义思想，他们的文艺理论主要从宏观上观照文艺。而从文艺本身出发，研究文学理论的则有著名的卡莱尔。卡莱尔翻译过歌德的《威廉·迈斯特》，写过一系列议论散文，他的文学思想也是多方面的而且极有启发性。他认为每个民族都有其特殊性格和生活方式，而文学是一个民族的精神和生存方式的最真实的象征，揭示了民族的文化与文学的特性。这一切都使英国的文学创作发生了重大变化，出现了英国小说发展的黄金时期，涌现出以狄更斯、萨克雷、勃朗特姐妹、特洛罗普和艾略特为代表的一大批杰出小说家。

到19世纪20年代，科学的发展和工业机械的文明的建立，给社会生活带来巨大变化。著名哲学家罗素对西方的精神状态作了精辟的分析。他指出，科学使世界成为一个没有生活意义的世界；人必须认识到，他在世界上是无足轻重的;人的生命是短促而无力的,等待他的是无情的、黑暗的毁灭。这是西方有识之士对垄断资本主义阶段各种社会矛盾激发后的社会现实的哀叹,是人们的信仰发生危机、精神苦闷、悲观绝望、心理变态等思想实际的反映。敏感的作家,开始以全新的目光看待人与社会、人与人之间、人与自然之间、人的自身等方面所呈现出的新关系。特别是作家们感到苦闷、悲观,认识到社会生活的荒诞、人与人之间的冷漠和隔阂、大自然的可恨与可恶,以及人的自我存在的危机等。悲观主义与虚无主义以及稍后一些的存在主义,便渗透在这一阶段的作品中。同时,这一时期内的哲学与心理学领域的柏格森意识流同弗洛伊德、荣格心理分析学一起,对文学创作也产生了深远影响,使得英国文学界的思想也异常活跃,并进而产生了现代派文学。如伍尔夫就是一位写作技巧的大胆革新者,她的作品享有"散文诗"的盛誉。她还是一位具有独立见解的出色评论家,其评论文章能以独到的见解征服读者。劳伦斯也是一位散文高手和评论家。他受弗洛伊德学说影响较大,他的两篇著名论文,《心理分析与无意识》和《无意识幻想曲》,表明他对心理分析学说的观点。他主张作品应描写内心,推崇非理性,主张解放"内心的我"。

(四)新浪漫主义文学思潮

19世纪后期至20世纪初,出现了主张以奇异的、神秘的、"有魔力的"事物为创作题材,创造"美"的境界的新浪漫主义思潮,实际上它是象征主义、颓废主义、唯美主义与消极浪漫主义的逃避现实、歪曲现实等特点在新的历史条件下的混合与发展，后来演变发展为现代主义。代表作家有史蒂文森等。史蒂文森曾多次出国游历，足迹遍布苏格兰、瑞士、法国、美国等地。他对各地的地理环境、风土人情等有着敏锐的观察，这些都充分运用到他的写作当中。他的代表作有《金银岛》《新天方夜谭》等。他的《携驴旅行记》用幽默讽刺的笔调叙述了自己一段有趣的经历，反映出作者的世界观，对人生乃至对政治的看法。虽描述的是细微的事物，却反映了深刻的社会现象。译者应注意传达这种轻松幽默的笔调，反映出其玩世不恭的风格。

（五）批判现实主义思潮

作为现实主义文学艺术发展的最高阶段的批判现实主义，主张艺术的首要功能是"对社会的判断、分析，因而也是批判"，因此批判的成分在他们的作品中占主要地位，故冠以"批判"之名，以显示其主要特征。批判现实主义思潮是自由资本主义上升时期的产物，是资本主义社会矛盾在文艺上的反映，它的进步意义在于：真实而深刻地揭露和批判腐朽没落的贵族阶级和满身铜臭的资产阶级丑恶本质，展示贵族阶级走向衰亡和资产阶级取而代之的历史进程，有的作品对劳动人民的悲惨遭遇表示同情。在艺术上，它着力反映现实，自觉地掌握了典型人物与典型环境的关系。批判现实主义丰富了艺术技巧和手法，提高了作品的表现力。

第二章　英美文学思潮与风格的演变

马克思这样评述批判现实主义作家的作品："英格兰当时小说家中的这支伟大的流派描绘了中产阶级的各种人物，从'值得尊敬'的领年金人、政府股票拥有者，此类人鄙视各种生意，认为他们粗俗，到小店主兼律师助手。"这些小说家生动、富有说服力的描述向全世界展现了政客、时事评论员和道德家加在一块儿揭露的还要多的政治、社会真相。中产阶级是如何被狄更斯、萨克雷、夏洛蒂·勃朗特和盖斯凯尔夫人描绘的中产阶级充满自负、过分拘谨、褊狭专横，并且无知。文明世界承认作家在针对该阶级的一句指责警句中的评定，即它对社会地位比自己高的人奴颜婢膝，对社会地位比自己低的人专横暴戾。

维多利亚中期以后，随着科技文明的发展，古老的、宗法的农业英国已不复存在，旧的和谐关系遭到破坏，社会成为为自己奋斗的个人的集合体。同时，社会生活环境随着物质进步而变得日益冷漠和无情，因为在物质文明逐渐发展而人与人之间的关系却愈益疏远的情况下，人们把家庭视为避风港和安全岛。家庭观念因而越来越强烈，稳定而亲密的家庭成了最受人珍重的社会关系。这样，家庭的重要性在维多利亚时代作品中便有了充分的反映，这类作品给当时的读者带来了无限欣慰。散文家卡莱尔在其著名小册子《过去和现在》中指出金钱关系已成为"人与人之间唯一的关系"。社会关系只是兑现法定合同。在这种社会关系及文化背景下，人的孤独感便油然而生。对此，阿诺德在《文化与无政府》中指出，这种混乱的根源来自中产阶级的沉湎于物质追求，对文学艺术美的毫无兴趣与欣赏力,生活目的的粗俗,生活方式的秽亵。于是他主张通过提高国民的文化素养来克服社会上流行的庸俗作风。而霍普金斯注重表达人或物的独特性质,即人物、感情与自然中的新奇、稀少、怪异之处,这些他称之为"内景"。内景在他心目中所引起的反应,他称之为"内应"。巴特勒对达尔文的进化论思想持有异议,他认为达尔文学说没有考虑到人的思想在进化中的主动作用,因而作为哲学很有欠缺。于是他又回到拉马克的观点上,提出"非意识记忆说",认为人的习惯是代代经历后传的表现,人的"非意识记忆"是遗传来的。他的《众生之路》便是这样一部以形象说明后代人通过"非意识记忆"和祖先相连,而又通过本身的经历和欲望,丰富这种记忆,然后再传给下一代的杰出作品。

(六)唯美主义思潮

1. 拉斐尔前派

维多利亚时代是一个社会道德要求相当严格的时代,这对文学也产生了巨大影响。几乎所有作家都遵循"说教的美学"原则,所有的作品都带有浓厚的社会和伦理说教色彩。久而久之,作家们感到自己正在成为社会和伦理道德服务的工具,"美"从文学艺术中逐渐消失,经历着严重的危机,这便为"唯美主义"的出现埋下了伏笔。英国先拉斐尔前派的艺术家们从1848年开始播撒了唯美主义的种子,以罗塞蒂为首的几个致力于反对物质和精神之丑的青年人组成"拉斐尔前派协会"倡导"拉斐尔前派"美学思想。这一派别本是英国绘画领域中的一个反对学院派的资产阶级画派，因认为真艺术存在于拉斐尔之前，企图发扬拉斐尔以前的艺术来挽救英国绘画而得名。罗塞蒂又是个诗人，他把"拉斐尔前派协会"的理想带到诗歌领域中，形成了诗歌中的拉斐尔前派。对罗塞蒂来说，世上唯有艺术才具有意义，艺术家是人类的标尺。他悖逆当时盛行的艺术创作标准，强调作品的形式和技巧美，善于运用流畅的辞藻，创造一种珠走泉流、浑然天成的艺术美。1850年，拉斐尔前派发行《萌芽》杂志，对英国艺术思想的发展影响很大。他们不满资本主义"文明"，批判资产阶级生活方式，但又倾向神秘主义，逃避现实；在艺术上，则以乔托的绘画、但丁的诗歌为偶像，拉斐尔前派所注重的是他们与中世纪的联系，而不是他们的人道主义和理想主义倾向。他们的作品具有明显的颓废、唯美、神秘的倾向。某些作品，如罗塞蒂的《幸福的女郎》等则是颓废派最初的代表作。19世纪50年代末期史文朋和佩特也加入"美"的行列，至王尔德和多布森，唯美主义已成为风行一时的文学运动。

2. 唯美主义

至维多利亚时代结束之前，英国文学似乎与健康的英国生活失去接触，许多作家似乎在冷淡和狂热间挣扎着，或与王尔德、比尔兹利及其他颓废派作家一道提倡"为艺术而艺术"。这似乎表明英国文学已显示出了某种颓废。唯美主义思潮是为反对当时功利主义的社会哲学以及工业时代的丑恶和市侩作风而开始的。唯美主义的哲学基础是康德在18世纪时奠定的。康德主张审美的标准应不受道德、功利和快乐观念的影响。歌德、席勒、柯勒律治以及卡莱尔都发扬了这一观点。法国的库辛在1818年创造了"为艺术而艺术"这句成语。琼斯、温斯伯恩以及王尔德、佩特的作品通过有意识的中世纪风格表现了对于理想美的热望,是唯美主义的代表作。唯美主义注重的是艺术的形式美,认为艺术只为本身之美而存在。唯美主义促进了R.弗赖和B.贝伦森的成熟的艺术批评。

唯美主义的诞生有着深厚的历史和文化背景。19世纪后半叶,物质主义愈益蔓延,国家精神生活愈益空虚,世人的趣味愈益庸俗,就是人们的衣着、城乡的建筑也越来越丑陋不堪。于是罗斯金第一个提出"美应当成为人类全部生活的有机构成部分",这一美学思想接近于卡莱尔。他的《近代画家》的发表标志着英国文坛为美而奋斗的暗流开始生长,《建筑的七盏明灯》和《威尼斯之石》,对资本主义机械文明表示了失望,向往中世纪和文艺复兴前的艺术创作自由。他对日渐猖獗的物质主义抱有警惕和批评态度,认为机械文明在抹杀人的主动性的同时,也摧残了艺术。他提出,"艺术便是道德,艺术便是生活,艺术便是人的整体的最高表现"。他的《威尼斯之石》是写威尼斯圣马可大教堂的著名文章,在描绘了教堂建筑和花饰之美的大段美文之后,又谈到人,透露出当时威尼斯这个美丽的水城是在奥国人的占领之下,国难加深了下层人民的痛苦。这样,他本是写建筑或绘画的著作中,写出了19世纪工业化的英国景况,写到了人的境遇,于是,科学的内容,有了散文艺术的品格:有光彩,有感情,有诗意。在他成为经济学家之后，讨论社会经济问题，文字变得纯朴简明，道理说得清晰易懂，不过句子的节奏依然是美的。罗丹在他的《艺术论》中说："所谓大师，就是这样的人，他用自己的眼睛去看别人见过的东西，在别人司空见惯的东西上能够发现出美来。"罗斯金不愧为这样的大师。

"唯美主义"强调美的作用，主张文学艺术不受社会需要的牵累。随着时间的流逝，"美学主义"又发展为提倡艺术而独立的学说，把对美的崇拜奉为一种信仰，使文学艺术美高于一切。然而给唯美主义文学运动以真正美学理论的是佩特。1873年，佩特出版了《文艺复兴》一书，提出"为艺术而艺术"的美学原则，颂扬高级形式的美的享受，指出人们能从艺术中获得这种高级形式的享乐。他视其为短暂、纯真、完美之物，不受人的感情的污染，同道德伦理也无关。他认为艺术家的职责不是说教劝善，不是激发人们去为实现高尚的目的而努力，而是使思想暂时脱离生活的纷扰，去充分地享受和欣赏美的韵味。应该说，唯美主义运动是对维多利亚时代市侩社会风气的发动，它的积极作用在于使"艺术家为专门家"的思想深入人心，使艺术美成为一种不可小觑的力量，这不仅在文艺创作领域引起一场革新，而且提高了整个社会对美的鉴赏能力。自此以后，美成为文学创作中的首要因素。勃朗宁说："我们需要新思想，也需要新形式。"道出了人们对艺术形式美学的认同。

唯美主义思潮代表人物由佩特、王尔德加以理论化、系统化。另有莫里斯、斯温伯恩、琼斯、罗塞蒂、摩里埃等参与其中。王尔德是唯美主义理论系统化的关键人物,他著有《唯美主义》一书,认为"文学只有一条法则,就是形式的法则",并认为,真正的美的精神,不应以粗俗、平庸的技法去表现,不应受传统道德的羁束,文学作品未有思想好坏之分,只有技巧优劣之别,艺术家的唯一职责在于表达自己对美的感受。王尔德的文风优雅,感染力强,其作品留下许多脍炙人口的惯用语。他的《美国印象》是一篇游记式散文,笔调轻松,描绘时形神俱备,抒发时情景交融。而给唯美主义文学运动以真正美学理论的是佩特,他受英国唯美主义者罗斯金影响,认为资本主义社会不合理,唯一的出路是加强审美修养。他把美学理论与文学批评结合起来,主张最美的艺术为纯艺术,倡导"为艺术而艺术",反对"为金钱而艺术",断言艺术不受道德支配。佩特说一切艺术不断朝着音乐的境界追求,其实也是追求形式,他要求像对待贵重金属一样对待语言,以达到"大理石的思想""瓷器的成语""蓝色瓷器的民谣"那样的艺术效果。这些思想在爱伦·坡的评论散文《创作哲学》《诗歌原理》等文章中都有全面的体现。如佩特的《蒙娜丽莎》,用美文谈艺术,运用颜色和形象,而且十分重视节奏上的音乐感。作者还用美文讨论文艺和哲学,像是在用自己的散文风格体现自己的人生哲学。这样的哲学,用文字渲染时,对于青年的吸引力是可想而知的。佩特的《文艺复兴历史研究·结论》对意大利文艺复兴时期艺术家的作品作了细致分析。如同莫里斯一样,佩特处在19世纪后半叶,也需要突破旧有的文雅风格,他的努力便是写美文。这是随着唯美主义而出现的。作为一位唯美主义文艺批评家，佩特的语言美丽形象，联想奇异，他用这种文字来阐释意大利画家波提切利、达·芬奇等人的画作。

（七）现实主义文学思潮

19世纪中叶至20世纪初，现实主义雄踞英国文坛。早期有狄更斯、萨克雷等作家以手中的笔反映工业资产阶级发展后的社会生活，揭露了资本主义社会人与人之间的冷酷关系和资产阶级的伪善；后期有威尔斯、本涅特、高尔斯华绥、毛姆、福斯特等，仍旧坚持维多利亚时代的现实主义传统进行创作，用写实的方法记载社会转型时期资产阶级社会和家庭发生的变化。现实主义创作基本贯穿了18世纪的始终。批评家丹柏马丁说："小说是私生活的历史，而历史常常是公共生活的小说。"此说概括的主要就是18世纪现实主义小说的特征，即以家庭生活为题材，以"散文滑稽"为形式的小说。进入19世纪，现实主义创作趋于成熟。一般来说，浪漫主义注重主观的、心灵的生长层次的东西，现实主义注重客观、现实的客观表现，正如艾布拉姆斯在论述这两种基本类型的文学现象时，用了《镜与灯》的书名，很恰当地概括了二者的特征和区别。

与现实主义思潮相联系的是写实思潮。写实主义思潮的出现是由于社会政治经济结构形态的巨变，人的道德观念和文化价值观念的变化，自然科学以及哲学得到了长足发展，打开了人们的视野，增强了人类征服自然的信心等一系列大事件的影响。写实文学思潮：一是偏重描绘客观现实生活的精确的图画，而不是直接抒发自己的主观理想和情感。二是注重在深入细致地观察、体验现实生活的基础上，对客观事物加以典型化，强调从人物和环境的联系中塑造典型性格。三是扩大了文艺题材的范围，要求全面地反映客观现实，特别注重描绘社会的黑暗现象，具有强烈的批判性或揭露性。四是批判现实主义文学以人道主义思想为武器，直接推写了资本主义社会的主要矛盾，直接反映了工人阶级的苦难遭遇和悲惨命运，深刻地揭露与批判了社会的黑暗，同情下层人民的苦难，提倡社会改良，并带有悲观色彩。英国写实文学重在以小资产阶级自我奋斗为题材，反映小资产阶级的生活，正面人物几乎都是"小人物"。如身受各种压迫的小市民、小职员、小手工业者、小商人、被遗弃的孤儿、贫苦的家庭教师等。

到了19世纪末期，文学领域出现了现实主义和反现实主义的论战思潮。一方面有梅瑞狄斯、巴特勒、哈代以及萧伯纳、威尔斯、高尔斯华绥等遵循现实主义，另一方面便有史蒂文森、王尔德等倡导回避现实。史蒂文森的创作只在给读者以娱乐，绝不触及社会矛盾和实质的问题。

（八）现代派文学思潮

现代派思潮的产生有其深刻的社会背景。首先，20世纪是世界政治大变革的时代，尤其是在战争的阴影下，文明处于空虚崩溃的边缘。战后秩序混乱，社会是一片比可视可触摸到的废墟更可怕的荒原，人们提

第二章 英美文学思潮与风格的演变

心吊胆,迷茫困惑,理想幻灭。其次,西方哲学和科学飞速发展,对传统观念提出了前所未有的挑战,这对打破西方传统观念、感情和习惯有着举足轻重的意义。此外,东西对立、左翼学潮、东欧剧变、冷战消解等一系列历史现象,引起不少英国人对文艺复兴以来人文主义有关人性、人类前途的基本观念乃至文化传统的信念发生了动摇。社会思想观念的深刻变革,引发了新的文学思潮,导致现实主义、现代主义、存在主义、女性主义、象征主义、印象主义、表现主义、未来主义、达达主义、超现实主义、黑色幽默、荒诞派戏剧和新小说等,一个个文学思潮异彩纷呈、此伏彼起,形成现代派文学思潮。现代派文艺的主要特征就是否定一切艺术传统,反对以理性为基础的传统道德价值观念,提倡现代人道主义精神。他们颠覆现实,解放灵魂,返璞归真,重建自我,表现自我,重构"中心化的主体"。在艺术上现代主义广泛采用象征、寓言、蒙太奇、梦幻、意识流等技巧,运用多层次、多线条、多视角的表现手法。从时代背景来看,世纪之交,资本主义的扩张粗暴地践踏了从文艺复兴以来就作为西方精神支柱的理性和人道原则,西方社会传统道德和价值观念分崩离析,悲观、否定哲学上升,人们急于重新认识人与自然、人与社会、人与人之间和人与自我之间的关系,现代主义正是这种新旧思想交替在文学上的反映。从本质上讲,现代主义文学是精英文学。现代派的文学批评思想十分丰富,探索性极多,建树也不少。"批评",借用艾布拉姆斯的概念,即含有"理论批评"的意思。理论批评的任务则是"提出明确的文学理论,即能够用来鉴定并分析文学作品的一般原则,包括一整套术语及其含义的区分和适用范围,还包括可用于评价作品及其作者的标准"。文学作品批评还应该包括"为批评的批评"。因而,作品的批评必须具有"理论批评"的性质,追求严格精确的批评方法。

英国现代主义文学在思想内容和艺术形式上都力图摆脱传统的束缚,具有前卫色彩。其现代派的文学理论为作品的晦涩与险僻辩护,对过去的作家重做评价。20世纪,艾略特、瑞恰慈和利维斯可以说是英国文学史上三位重要的批评家,艾略特在其著名的《传统与个人才能》(1919年)一文中要求作家置身于伟大的英国文学传统之中,个人经验与优良传统的结合才能产生诗意的火花。艾略特抑革命诗人弥尔顿与雪莱而扬17世纪的玄学派诗人,显然这传统是指阿诺德的精英文化传统。英国"文学批评之父"瑞恰慈以客观的方法分析文学,他创建的"细读法"使文学批评可以遵章而循地操作。利维斯则划定了英国文学的"地图",制定了一个人们称为"经典作品"的书单,使儒雅文学由理想的观念成为具体的研究对象。在以危机和战争为时代特征的年代,严峻的社会现实,尖锐的社会矛盾,紧迫的社会问题,为现实主义文学传统的回归创造了条件,采用写实手法的小说再度受到人们的欢迎。此时的英国小说在主题上从内倾变为外向,表现社会对个人命运的主导影响,在形式上则从前卫转向保守,采用传统叙述手法。

在小说领域,英国现代主义文学大家辈出,有詹姆斯、康拉德、伍尔夫、劳伦斯、乔伊斯等世界文坛泰斗，他们的作品现代主义追求心理真实，注重直接观察人物的心理活动，直接体验人物的内心感受，在内心世界这面镜子上折射出丰富多彩的外部现实。

五、当代英国文学思潮

当代英国文学思潮主要是后现代主义思潮。20世纪30年代的英国，社会依然动荡，政治事件迭起。第二次世界大战后，面对两大阵营的对峙，资本主义经过大调整，迎来了生产力发展的黄金时代，出现了跟战前迥然不同的许多新特点。法国的阿兰·特莱尼提出了"后工业社会"的概念，表明资本主义经过其自身发展的第二次浪潮，即工业化阶段，已进入第三次浪潮即后工业化阶段，资本主义经济已经知识化、信息化、市场化、消费化、全球化，这一切全是日新月异的科学技术所带来的，所以哈贝马斯慧眼独具，提出科学技术是第一生产力。后现代思潮反映在文学上，从20世纪50年代起，出现了"垮掉的一代""黑色幽默""荒诞派"等写作流派。文学批评上的精神分析、形式主义、新批评、阐释学、西方马克思主义、女权主义、后殖民主义、解构主义、接受美学、读者反应理论等，都是后现代思潮的反映。后现代主义是西方资本主义社会的产物，是对现代主义的一种反驳，其特征之一就是取消某些关键性界限，打破高级文化和大众文化或流行文化之间的界限。在表现方法上，最重要的特征是"拼凑"以及对时间的特殊关系的处理。

1945年第二次世界大战结束，英国从多年的战时状态转入和平时期，但国力已严重削弱，战后人们对现实的忧虑和不满，对政治的关心，都浮现在战后初期的英国文学思潮之中。在文学理论方面出现了考德威尔的《幻觉与现实：诗的源泉研究》。小说家赫胥黎、奥威尔、衣修午德、格林、戈尔丁、福尔斯等，大都在传统与现代的合流上继续前进。20世纪50年代出现的愤怒的青年，也是一个颇有影响的文学思潮。艾米斯和韦恩等人是"愤怒的青年"的代表，他们在小说中抒发了对英国社会等级森严、贫富不均现状的愤怒和不满。艾米斯在《幸运儿吉姆》中编织的"不幸者意想不到地得到幸运"的情节深受读者的喜爱，是"愤怒的青年"一派的代表作。"愤怒的青年"的特点在于表现新的内容，而不是创造新的文学形式，他们在艺术上并没有突破。英国文坛直到20世纪60年代实验主义小说的出现，才让人们看到艺术创新的方向。与欧洲大陆和美国相比，英国实验主义作品来得较晚。

20世纪被美国当代哲学家怀特称为"分析的时代"。这体现在二元对立分裂了世界，科学技术改变了人们的思想观念和思维方式，新语言学重构了世界等方面。尤其是索绪尔派语言学，认为语言不是实质而是形式，语言是一套社会性的符号系统，每一个符号都是能指（音响形象）和所指（概念）的不可分割的统一体，如同纸的正反两面。于是他希望建立一门新的学科符号学，专门研究符号的构成及其规律。这被人们称为"语言学转向"，对20世纪的人文科学产生了巨大影响。李思孝认为，

第二章 英美文学思潮与风格的演变

"与其说是语言学转向,不如说是其他学科转向,转向语言学,学习语言学,以便运用它的结构理论即符号学原理,去整合自己的学科,重构整个世界。比如哲学,一向被认为是包罗万象的世界观和方法论,现在发现它像科学一样,离不开符号和语言,它通过对语言分析和逻辑分析,去追求知识,从而形成了所谓'分析哲学',不仅包括卡尔纳普的逻辑实证主义,维特根斯坦的语言哲学,而且包括摩尔后期的实在论哲学和罗素后期的数理逻辑哲学,形成20世纪哲学的一股强大的潮流。又如精神分析学,当拉康把它同结构主义结合起来时,它就离不开新语言学,把主体看作是语言的一个功能。一个人生下来无所谓主体,婴儿进入'镜像阶段',才把自己和外界区别开来;进入语言阶段,才把'我''你'区别开来,这时人才完全成为一个主体,可见主体是由语言造成的。扩而大之,把各个学科综合起来考察世界,也可以说整个世界是由新语言学所重新建构的"。(《简明西方文论史》)这一论述揭示了语言对人类及其所有活动制约的一面。翻译研究的语言学派,显然深受其影响。

到20世纪八九十年代,英国文坛思潮愈加纷繁,文坛批评资本主义社会对金钱的疯狂崇拜,作品中现实主义的叙述伴随着现实主义、意识流、黑色幽默、魔幻现实主义等后现代主义思潮。小说创作对历史题材很感兴趣,在讲述历史的过程当中,质疑"真实"观念,使叙述者获得一种自我认识,形成"新型历史小说"。

第二节 美国文学思潮

一、独立革命（1775—1783年）前后的美国文学思潮

18世纪70年代，北美洲的英属殖民地掀起了独立革命运动。在这场运动中，殖民地的精神生活在很大程度上受到资产阶级启蒙思想的影响。启蒙运动所研究的是上帝、理性、自然、人类等各种相互关联的概念。它的另一方面是近代科学兴起，如培根的归纳法、笛卡尔的演绎法、伽利略的物体降落法则、牛顿的万有引力定律等，都受到新的无神论的威胁。在理论方面，思想家首先讨论理智与感情的关系，最后讲法制、改良，主张革命。在政治思想上，霍布斯提出社会契约说，卢梭写出《民约论》。在历史观方面，培根反对历史循环论，首先提出人类是在不断前进的。于是，启蒙运动的代表们以向民众传播这些知识和革命思想为己任，反对旧的殖民统治秩序和愚民政策。启蒙运动给清教传统以决定性的打击，第一次把与信仰无关的教育和文学带入了人们的生活。启蒙运动中的作家们为美国的英语注入了鼓舞人心的活力，同时也努力使自己的作品更为纯净和精确。这一时期，美国大众对牛顿、斯威夫特、洛克等科学家、哲学家及作家非常感兴趣，法国的启蒙思想作家如伏特也很受欢迎。于是，独立革命时期的文学已不同于殖民地文学，由于独立革命期间充满

反抗与妥协之间的尖锐斗争，迫使作家们采取政论、演讲、散文等简便而又犀利的形式投入战斗，同时，由于政治上的独立促进文化上的独立，美国文学的民族性开始萌发，开始了逐渐摆脱英国文学传统的垄断局面，因此这一时期的文学具有浓烈的政治论辩风格，带有强烈的政治色彩，使文学明显地受着革命的影响。潘恩在《常识》中激扬的文字和《独立宣言》中雄辩的语言同华盛顿、拉斐特的武器一样，为美国赢得独立作出了巨大贡献。可以说，没有潘恩的作品，就没有华盛顿领导的军队；没有杰弗逊的作品，就不可能赢得法国的援助。同时，报纸、传单、小册子得到很大发展，论辩文学和讽刺文学极为繁荣，革命时期的大量战斗歌谣既以辛辣的嘲讽抨击英国军队和保皇党人，又以极大的热情鼓舞殖民地民兵和人民的斗志。

这一时期在整个美国文学史上具有很特殊的意义，为日后美国文学的独立发展创造了基本前提。小说家和戏剧家们努力从历史和文化上说明美国的辉煌传统，与弗伦诺等人在诗歌领域的爱国主义精神相呼应，力图缔造美国的民族文学。富兰克林是一个启蒙主义者，他的思想观点显示了一个新兴资产阶级代表的立场、学识和风度，不少人把他视为实现"美国梦"的楷模。当然，这一时期的美国文学仍带有浓厚的欧洲风格，其完全"本土化"还有待于19世纪浪漫主义文学的发展。

1783年，美国独立革命取得胜利，文化民族主义色彩的增加召唤着美国作家书写自己国土上的神奇和历史，促使他们对民族语言和普通民众产生了极大兴趣。韦伯斯特指出："美国在文学上也应该像在政治上一样独立，在艺术上也应像在军事上一样著名。"如此宣言，促使美国文学摆脱对英国文学传统的依赖和模仿，逐步走向独立发展的道路。同时，战争结束以后，美国的政治与经济领域内发生了迅速变化，杰克逊时代的政治平等的理想产生出的乐观气氛，大批移民的突然涌入，工业化的逐步普及，以及开拓者们手持板斧把边界不断向西部推进的现实，都增强了"美国梦想"的魅力，增强了对国家物质进步和光明前途的信心。这使年轻的民主共和国的人们满怀信心，并吸引着旧世界更多的人奔向新的大陆。这样的社会条件促使19世纪上半叶的文学创作具有浪漫主义的色彩。作家们吸取欧洲浪漫派文学的精神，对美国的历史、传说和现实生活进行描绘，美利坚民族内容逐渐丰富和充实起来。南北战争前夕，是浪漫主义运动的全盛时期，各种不同风格的作品相继问世，创作从内容到形式都具有鲜明的民族特色。批评家们称这一时期为美国文学"第一次繁荣"。杰斐逊在《弗吉尼亚笔记》上的注释和巴特拉姆的《旅行笔记》揭开了美国文学独立的序幕。然而，尽管作家们努力采用清晰和有力的创作理性来影响民族的信念，但整个18世纪美国文学依然在很大程度上采用了当时英国的写作模式。这一时期最杰出的诗人弗伦诺的创作灵感、风格、观点以及规则的诗体都沿袭了英国的写作模式，连富兰克林也模仿了英国散文家艾迪生和斯梯尔的《观者报》。巴洛的《赶制成的布丁》也仿效了诗人蒲柏和他的追随者。

（一）早期浪漫主义文学

从19世纪初期到内战爆发，美国一直是一个充满矛盾的民族，一个被崇高的梦想影响的民族，一个受到日益膨胀的功利主义思想影响的民族。美国人在这个时代摒弃了18世纪理性主义中业已失去的诺言和陈腐的智慧，在他们的生活和艺术中寻找到了新的自由和新的思想。南北战争结束后的二三十年内，资本主义处于自由竞争阶段，民主、自由的理想鼓舞着人民和作家，文学创作中乐观的情绪处于主导地位。美国的浪漫主义文学深受西欧浪漫主义运动影响，同时又具有民族文学的特点。19世纪初，美国资本主义迅速发展，民族意识和爱国热情高涨，是美国民族文学形成的重要时期。一些以美国为背景、美国人为主人公的作品开始出现，初具美利坚民族的特色。欧文是第一位伟大的美国浪漫主义散文家，他的随笔风格为后来极盛一世的散文叙事诗奠定了基础。欧文致力发掘北美早期移民的传说故事，他的《见闻札记》是第一本由美国作家创作的作品，开创了美国短篇小说的传统。库珀在《皮袜子故事集》中以印第安人部落的灭亡为背景，表现了勇敢、正直的移民怎样开辟美国文明的途径的历史。诗人布莱恩特笔下的自然景色完全是美国式的，他歌颂当地常见的水鸟和野花，而且通过它们歌颂人与人之间的和谐。这些作家的作品满怀乐观向上的时代精神。色彩阴暗的坡在诗歌、短篇小说和理论批评方面达到新的水平，标志着民族文学的多样性和在艺术上的发展。

(二) 先验主义与后期浪漫主义

1828年，疆域英雄杰克逊当选为第17届美国总统，从而结束了美国总统的"弗吉尼亚王朝"的时代。从此杰克逊总统的民主主义路线使国内的民主空气增长。19世纪30年代以后，东北部沿海的美国文化中心新英格兰地区成了最早的工业区。到了19世纪40年代，殖民地美国的普通人时代终于到来，选举的种种限制被解除，杰克逊的贵族统治思想也已经被所有白人一律平等的平等信念所代替，大多数人都可能成为美国的政治领袖。接着，"州"这一表示独立政府的概念取代了人们脑海里的"殖民地"一词，这是美国发展的一个重要标志。这在意识形态上造成两方面的后果：一方面出现了先验主义者团体，另一方面使一些作家产生不少疑虑，浪漫主义文学的基调由乐观转向怀疑和消极。在弗伦诺时期，人文主义思潮激发了人们对拉丁原始资料的浓厚兴趣，人们从复古活动中获得启发，注重人对于真与善的追求。而到了19世纪前半期，人们对简单、实用和完美的追求一直保持着浓厚的美国特征。一种新的追求改革和人道主义的氛围出现了。在文学上，美国内战爆发之前的几年里，富于想象力的文学作品很少，大多数是历书、课本、自助手册或者是关于医药和法律的著作。诗歌、虚幻小说、通俗小说，尤其是欧洲作家的历史浪漫作品受到美国读者欢迎，以被称为是"小说大王"和"小说大师"的司各特最为出众。然而，随着时代的推进，美国本土作家的国内、国际名声也在增加。欧文、芬尼莫、库珀以及布莱恩特，都被誉为美国最伟大的作家。在此之后，爱伦·坡、梅尔维尔、霍桑、梭罗、爱默生和惠特曼的出现，再一次丰富了美国文坛。

20世纪二三十年代，美国文坛先验主义蔚为大观。先验主义是一场思想解放运动，先表现为哲学思想中的改革，倡导人文主义，强调人的价值，反对权威，崇尚直觉，主张个性解放，打破神学和外国教条的束缚。后扩展到文学创作领域，倡导追求自由，主张摆脱英国文学的束缚，重视人的精神创造，在他们的努力下美国浪漫主义文学开始蓬勃发展。在这些思想运动的代表作家中，爱默生和梭罗两位先验主义理论家是浪漫主义文学的奠基人，霍桑、梅尔维尔、罗威尔以及荷尔默斯等人参与其中。他们在德国的先验论、柏拉图主义、印度和中国的经书以及各种神秘主义者的著作中追根溯源，相信宇宙万物实质上的统一性和人类固有的善良天性，以及在揭示最深刻的真理方面，内在的洞察力优于逻辑和经验。同时，他们都是著名的浪漫主义散文家，除了诗歌创作外，其主要的文学形式都是散文。作为道德哲学，先验主义既不合乎逻辑，也不系统化。先验主义者只强调超越理性的感情和不受法律、习惯约束的个人表达方式。但他们呼吁文化复苏，反对美国社会的功利主义。他们信仰精神的超脱和仁慈的普遍力量，认为仁慈是万物之源，万物是仁慈的一个部分，因而他们让那些鄙视其所信奉的刻薄的上帝的人感兴趣，也吸引了那些鄙视新英格兰一元论所鼓吹的苍白无力的神的人。作为一种哲学性的文学运动，先验主义从19世纪30年代到内战爆发期间，在新英格兰发展极为迅速。爱默生即认为人类是绝对仁慈的一部分，梭罗认为自然才是神圣的、"洁白无瑕"的。此后的先验主义者由于受到内战的惊吓，把认为人类像上帝一样而恶行不复存在的思想看成乐观主义的愚蠢行为。然而，先验主义强有力地表达了那个时代知识分子的状况，它所代表的思想对美国伟大的作家——无论是当时的霍桑和惠特曼还是后来的作家——都产生了巨大的影响。

新的世界环境和欧洲浪漫主义传统的思想阵容塑造了美国作家的个性。18世纪末，新浪漫主义在英国已经崭露头角，并且很快延伸到整个欧洲大陆，至20世纪初期，传入美国。美国浪漫主义文学有着多元化的特征，其精髓和它所蕴含的文化底蕴一样，是多变的、富有个性而又充满矛盾的。然而浪漫主义也有统一的特征，即道德上的热忱，强调个人主义和直觉洞察力的价值，认为精华来源于自然世界而糟粕来源于人类社会。

内战以前，浪漫主义的价值观在美国的政治、艺术和哲学领域一直占有重要地位。浪漫主义者所奉行的个人主义和美国的革命传统及平等的主张是一脉相承的。他们反对传统的艺术形式，因而使那些受严格限制的新古典主义文学、绘画艺术及建筑学束缚的人感到满意。他们也反对理性主义，因而使那些反对受加尔文派残余庇护的冷酷而又儒雅的信念的人感到高兴。越来越多的美国人对那些以野营方式布道的复兴主义有着极大的热忱，对新英格兰超验主义也有着积极的爱好。随着浪漫主义的盛行，美国文学不再是说教或政治的附庸，那种属于创始者们的美国

第二章 英美文学思潮与风格的演变

政治作品的伟大时代结束了。政客们不再以他们的文章驰骋文坛，而更多地依靠他们富有感染力的演讲。小说、短篇故事和诗歌，尤其是散文，取代了说教类和宣言类作品，这已成为美国文学形式的主流。由于更多的作家把自己看成先知者或者是预言家，而不是仅有的几个遵循新古典主义文学原则的巨匠，美国的想象文学逐渐变得极端，同时还具有象征意义。浪漫主义作家更加强调自由表达感情的重要性，也更加注意作品中人物的精神世界。另外，19世纪中期的文化复苏带来"繁荣的新英格兰"时代，一场新英格兰文学复兴运动正在兴起。

爱默生是最先把先验主义思想引入新英格兰的作家之一，他崇尚个人主义，提倡思想独立和自强自立。他认为："每个人所受的教育都应该包括这样的内容：嫉妒是无知的表现；模仿等于扼杀自我；先应该为自己而活……并时时刻刻告诫自己，自信，不打破习俗就不能成为一个有作为的人。"他崇尚勇气，从不畏惧新观念以及与他见解相悖的思想。以他为首的先验主义者为了摒弃加尔文教派"以神为中心"的思想，吸取康德先验论和欧洲浪漫派理论家的思想材料，提出人凭直觉认识真理，因而在一定范围内人就是上帝。他提倡个性绝对自由和社会改革，主张博爱与自我道德修养，接近大自然，认为伟大人物是"卓越灵魂"的化身，要求建立反映本国生活特点的民族文学，并从唯心主义观点批评资本主义社会，进行温和的社会改革。他鼓励人们自立自信，不可盲从传统，主张人类可以通过学习和研究自然世界来代替迷信。他的思想形成了一股"先验论"文学思潮,不仅影响了几代美国作家,而且还通过他本人大量的演说影响了公众。作为美国浪漫主义的先知人物,爱默生和富兰克林一样,对美国文化的振兴和发展起着至关重要的作用,他的《美国学者》一文宣告美国文学已脱离英国文学而独立,因此被认为是美国文化的独立宣言。爱默生认为真正的智慧是通过"自然"领会神旨,他从人文主义思想出发,强调人的价值,反对权威,打破神学和外国教条的束缚,对美国作家产生不小的影响。梭罗也是一位先验论思想家,又是坚定的新教徒,他的基本思想是主张回到自然,侧重先验主义中人的"自助"精神,主张回返自然,保持纯真的人性,因此与资产阶级社会秩序发生冲突。霍桑思想上倾向先验主义,又深受浪漫主义思想影响,为19世纪影响最大的浪漫主义小说家和心理小说家,其作品被称为"心理罗曼史"。霍桑深受加尔文教派的影响,又想有所摆脱,于是转向对人类状况与命运的探索,这又使他的象征手法也运用得十分纯熟,并开美国象征小说传统风气。他的代表作品是《红字》。梅尔维尔同霍桑一样,把他所感觉到的社会矛盾归结为抽象的"恶",而"恶"的强大与不可理解使《白鲸》等作品蒙上抽象、神秘、悲观的气氛。而更侧重提倡"为艺术而艺术",对西欧尤其是法国资产阶级文学中的颓废派和象征主义影响很大。

(三) 现实主义文学思潮

从南北战争结束到第一次世界大战,商业的发展和自然资源的开发创造了新的财富,而大量财富和经济实力聚集在少数人手中,这就是马克·吐温所称的"镀金时代"的开始。这是一个没有节制、充满极端的时代,一个倒退与进步同生的时代,一个贫穷和富有共存的时代,一个郁闷和希望并举的时代。随着工业化引起的种种社会问题的出现,迫于各种社会矛盾,如蓄奴制和民主制的弊病,某些作家将目光更多地投向对现实的揭示和思考之中,因此美国文学总的倾向是现实主义的兴起、发展和浪漫主义的衰微。至19世纪70年代,新英格兰的文艺复兴日渐衰落,美国伟大的浪漫主义时代已经结束,取而代之的是一批新作家。他们不属于上层阶级,或具有很高学术教育背景,而是来自中产阶级。他们在左拉、福楼拜、巴尔扎克和托尔斯泰的影响下,开始了现实主义文学创作。他们具有詹姆斯所说的"强烈反映紧张的现实生活的愿望",与早期库珀等人认为展现理想化和诗性化的生活,避免再现"恶劣的悲惨境遇"背道而驰。于是,他们拒绝塑造理想化的人物和事件,通过描写普通生活体现"现实和真理",力图展现美国的现实生活,坚持认为普遍的、地方的素材与高尚的、遥远的素材一样适合文学创作。尤其是19世纪80年代以后,经过几次经济危机,社会动荡不安,人们怀疑民主制度是"人人自由、幸福的天堂"。致使批判现实、揭露社会黑暗的作品增多,主题涉及农村的破产,城市下层人民的困苦,劳资斗争,不少作品揭露种族歧视、海外侵略和政府与大企业的勾结,也有些作品表现了空想社会主义的情绪。

豪威尔斯对现实主义的定义是"完全真实地对待素材"。归结起来，现实主义有两种含义：一是指文艺史上作为潮流倾向的现实主义，即重视客观实际，着力于描绘现实图景的文艺思潮和倾向。二是指文艺创作中作为再现客观现实图景所遵循的艺术原则即创作方法，也就是属于现实主义潮流倾向的作家在反映现实生活的艺术再现过程中所采取的原则和方法。这一创作方法在19世纪后半叶达到成熟，成为自觉的、有理论体系的创作原则。现实主义创作方法的特征是：提倡客观地观察现实生活，按照生活的本来面貌精确地进行描写，真实地再现典型环境中的典型人物，现实主义不排斥倾向性，相反它鼓励作家干预生活，但是它的倾向性必须通过情节和场面自然而然地流露出来，而不是牵强生硬地塞给读者。现实主义也不排斥理想，相反它要求作家走在时代潮流的前列，揭示生活发展的规律，展望历史前进的愿景。

（四）自然主义文学思潮

自然主义是19世纪七八十年代在欧洲流行的一种文艺思潮，其哲学基础是英国孔德等倡导的实证主义哲学。自然主义是一种更为冷酷的现实主义，它否认道德真理的有效性，试图达到极端的客观和坦白，塑造那些被环境和遗传特性所决定的社会和经济地位低下的人物。自然主义作为一种创作方法，一方面排斥浪漫主义的想象、夸张和抒情等主观因素，另一方面轻视现实主义对现实生活的典型概括，而追求绝对的客观性，崇尚单纯地描摹自然，着重对现实生活的表面现象做记录式的写照，反对作家对社会生活进行主观评价，并力图以自然规律特别是生物学、病理学、遗传学的观点去表现人的生物本能，反对从人的社会关系中去描写人、表现人、理解人。自然主义流派反映下层社会的痛苦和贫困，但认为文学研究人和社会时应像物理学家和化学家研究惰性物体一样关注其自然本性。自然主义文学的语言显得粗糙，结构也较笨拙，因此在文学史上得到的评价不高。一般把法国左拉称为自然主义的代表，他曾在《实验小说学》《戏剧中的自然主义》《自然主义小说家》中宣传自然主义的理论。

美国自然主义文学的主要代表有诺里斯、杰克·伦敦、克兰和德莱塞。诺里斯推崇左拉，竭力主张小说家的责任就是描写在自然环境影响下的寓言式的人物。他的《章鱼：一个加利福尼亚的故事》把垄断资本主义比作章鱼，它的触角伸向四面八方，无孔不入。对诺里斯来说，自然主义就是达尔文生物决定论和马克思经济决定论之和，使用遗传、本能、社会文化影响、环境作用等来解释人的行为乃至社会的发展。诺里斯对美国文学的影响是深远的，福克纳对下层社会的细节展示，海明威的粗犷风格，都显现出诺里斯的存在。

二、现代美国文学思潮（18世纪—1960年）

历史进入现代的标准，是因为它具有了"现代性"。现代性与古典性相对而言，最早生成于文艺复兴后期即启蒙时期，它是以"启蒙""理性"为核心的，此后引领整个西方文明进入现代文明高峰的文化合法化工程，是人类社会自近代以来"现代化"进程的必然产物，是科学、技术、工业革命和社会现代化的结果。从学理上说，现代性作为西方文明史的一个发展阶段，它是科学技术进步、工业革命以及资本主义带来的经济和社会的包罗万象的变革的产物。在欧洲启蒙主义大师那里，现代性是一项伟大的工程，是一套有关人类社会健康发展的理性蓝图。按韦伯的设想，这个理想社会由科学、道德和艺术三个领域组成，分别由工具理性、道德理性和艺术理性所支配。按卡利内斯库在《现代性的五个侧面》中的说法，现代性"被知觉为一个从黑暗中挣脱出来的时代，一个觉醒与启蒙的时代，它展示了光辉灿烂的未来""人们因此有意识地参与了未来的创造"，具体表现为线性发展的时间观念与目的论的历史观，故又称为"启蒙现代性"。大致而言，"现代性"具有强烈的线性时间观念和目的论的历史观念，得益于启蒙运动和近代工业革命的成果，主张理性主义和个体主体性，也维护工业化和理性制度，秉承社会分工思想和科学精神。

现代性引发现代派文学的兴起。美国文学史上的现代主义时期以第一次世界大战为起点，经历了20世纪30年代经济大萧条时期一直延续到第二次世界大战。这是美国文学的第二次繁荣时期，从这个时期起，美国文学开始产生世界性的影响。

在第一次世界大战的前几年里，19世纪的现实主义和自然主义仍然保持着强劲的态势，优雅的传统和流行的浪漫情调也依然是文学的主体。

至1900年，美国的艺术开始在躁动的现代性边缘摇摆不定。20世纪初期稍后，美国的经济有了很大发展，垄断资本进一步集中，大城市人口密集，工农运动规模越来越大。随着科技取得长足进步，一种新的工业经济开始发展，国民生活日趋城市化，随之而来的是大规模生产、大规模消费和娱乐，国家经济文化生活模式开始变化。一场社会变革在发生，原有的道德伦理观念在改变。人们的眼界得到开阔，知识得到增加，思维方式得到改变。这时的社会面貌与人的精神面貌，已非19世纪传统现实主义手法与惠特曼式的风格所能准确反映，传统的艺术词汇无以表述，需要有新的文学表现，这便出现了印象主义、达达主义、表现主义、象征主义、超现实主义、现代主义等前卫纲领，竞相比美，表现了高度发展的资本主义社会的种种矛盾和精神世界方面的问题，也极大地推动了散文创作，极大地丰富了散文艺术的表达手法与深度。

第一次世界大战是19世纪与当代美国文学的巨大分水岭。继19世纪爱伦·坡和詹姆斯在理论批评的基础上，文艺理论与文学批评迅速发展起来之后，自然主义的文学批评家蔑视传统的创作清规，他们的论点为美国现代文学的发展准备了条件。欧洲的现代派文艺不断介绍到美国，也加速了现代派文学的成长。自由派批评家布鲁克斯撰《美国的成年》，批评粉饰现实的"斯文传统"，呼吁新文学的出现，他在重新评价美国文学传统方面做了许多工作，有助于美国文学界自信心的确立。布鲁克斯受到弗洛伊德的精神分析学说的影响，他的文学评论《马克·吐温的考验》就是以弗洛伊德的观点去研究美国文学的专著。偶像破坏者门肯定散文集《偏见》，为现代文学张本，在横扫旧的偏见的同时也带来了不少新的偏见，但是他在为现代文学扫清道路方面有他的贡献。此时的美国文学批评家中，还出现了一个试图以马克思主义观点来解释文学现象的左翼文学批评派，卡尔弗顿和他的著作《美国文学的解放》、希克斯和他的著作《伟大的传统》就是这类作品。另外，战后不少人也深切感受到那又是一个悲哀的时期，梦想业已成为泡影，因而感到失望，因此这又是一个信仰危机的时代。达尔文的进化论问世以来就日渐严重的信仰危机，到此时更变本加厉。昔日人们从神话和幻想中得知生活的意义，到了现代科学发展的时代，神话已消失，幻想已破灭，现代人已不能接受那些无法令人相信的东西了。尼采宣布上帝已死，罗素宣称宇宙已变得没有目的，人们不能再指望有慈悲的上帝伸出援手，一切努力、热情和慷慨到头来都会化为乌有，欲活下去，唯有在绝望中鼓起自己的勇气。没有信仰，人便无法使思想和感情保持一致，于是产生生活混乱、脱节以及支离破碎的感觉。没有信仰，人便失去安全感，于是产生忧郁、绝望等情绪。人们似乎觉得一切都在分裂，上帝似乎已丢下他的造物离去，宇宙没有了中心，生活没有了意义，现代西方成为一片空虚的精神荒原。此外，弗洛伊德强调人的行为动机，主张如实宣泄感情的心理学观念和波格森所提出的关于主、客观的时间概念，促进了文艺领域各种观念的

第二章 英美文学思潮与风格的演变

改变。美国作家渐渐开始了对人类内心世界的描绘和分析。在两次世界大战之间，美国现代文学创作也接受了欧洲现代派艺术的影响，都从主观的角度来表现现实的事物，福克纳、奥尼尔等"迷惘的一代"作家就是在这种背景下产生的，包括海明威、菲茨杰拉德、帕索斯、肯明斯等。他一方面消极悲观、失望"迷惘"，另一方面对当时美国19世纪维多利亚时期遗留下来的传统思想、更早的思想残余以及一系列虚伪不合理的社会现象进行了讽刺和批判。下面重点介绍几位有代表性的理论家及其文学思想。

詹姆斯向来羡慕欧洲的古老文明，他认为欧洲有古老的文化传统，是进行创作和作为创作题材的好地方，认为美国缺乏伟大文学作品所需要的"素材"，对美国社会生活的物质主义的粗俗和精神上的缺乏典雅与修养感到厌倦。但他又觉得美国比欧洲纯洁，有生气，这种看法对他的创作影响很大。詹姆斯的文艺理论倡导形式与人类价值并重，认为小说的目的在于表现各种形式的现实生活，如幻觉、绝望、回报、折磨、灵感、欢乐等，主张艺术家感受生活、理解人性，然后忠实地将这些写入作品。詹姆斯的现实主义小说具有心理分析的倾向，上承欧美现实主义、自然主义和先验主义，下启欧美现代主义，使他成为20世纪意识流小说的先驱的心理现实主义的奠基者。他的评论著作《小说的艺术》，主张内容与形式一致，还把它们之间的关系比作针与线一样不可分离。杰克·伦敦的思想极为复杂，马克思和尼采都对他产生过影响，他的作品往往既包含对资本主义社会的批判，又渗透着资产阶级思想，还反映出作者的哲学观——弱肉强食是生存竞争的基本法则，其作品对资本主义社会的各个侧面都有深刻揭露，但他本人却又向往上流社会的奢侈和豪华。20世纪20年代后，"新人文主义者"们遵从古代的理性传统，主张"自我节制"，实际上是反对新文学的发展。代表评论家是浪漫主义及其流派现实主义和自然主义的坚决反对者白璧德，他在《文学与美国学院》中呼吁回到古典文学的研究中去，在《卢梭与浪漫主义》中抨击卢梭思想在20世纪所起的作用，在《民主和领导》中研究了社会和政治上的一系列问题，在《论具有创造力》中把浪漫主义概念的自发性和古典理论的模仿性作了鲜明对比。斯泰因曾创"迷惘的一代"一词，创作上她勇于实验和改革，为了准确地描写真实，她模仿儿童的简朴、单调、重复和不连贯的语言，注重文学的声音和节律，从而创造出一种稚拙的文体。她还吸收电视节目的特点，用重复但又有细微差别的文字和句子来表现一种流动的、连续不断的景象。她不大用标点符号，特别是问号、冒号和分号，认为那是累赘。桑塔亚那用极为优美的散文来表明他的思辨的自然主义和批判实在论思想。同时，他又是一个怀疑论者和人文主义者。他认为，判定任何事物的美"实质上是建立一种理想"。《理性生活》是桑塔亚那重要的理论著作。受黑格尔影响，他认为理性生活并非完全局限于知识活动，理性的各种表现形式都是本能冲动和与观念相对应的客体的结合。1929年，美国出现特大经济危机，各种社会矛盾急剧尖锐化。工农运动高涨，

第二章 英美文学思潮与风格的演变

马克思主义的影响扩大。代表人物有里德、帕索斯、斯坦贝克等。"左翼"作家队伍迅速扩大，出现了马克思主义的文艺批评。"左翼"批评家批判资产阶级文学，尝试用历史唯物主义观点看待美国文学传统，学习苏联文学经验，扶植美国无产阶级文学。

战后，美国的文学评论再度繁荣。特里林与麦卡锡等都是这一时期很有见地的评论家。在"冷战"、麦卡锡主义和朝鲜战争的背景下，作家的创作远离政治，非美活动委员会控制着人民的思想与言论。即使有一些关于社会和文学的评论意见，也是不触及重大问题，不涉及问题本质的意见。德莱塞是美国著名自然主义作家，深受巴尔扎克和达尔文影响，其中达尔文的"适者生存"思想对他影响甚大，他把自己的小说看作是整个世界中的一片丛林，自然主义风格在他的每部作品里都得到了体现。德莱塞的杰作之一是《美国悲剧》，之所以这样命名，是因为他认为悲剧是美国社会本身而不是哪个人造成的。这部小说巩固了他在美国文学史上的地位。德莱塞打破了维多利亚文学传统中的许多禁忌，其作品中的人物带有明显的时代烙印和强大的感染力。他的叙述有时比较粗糙，但人物对话自然、真实。海明威提出"冰山理论"，他说："冰山运动的意义就在于只有八分之一露出水面。"海明威的创作就遵循了这种"冰山"原则。他常常使用轻描淡写的笔法来表现隐藏着的强烈感情。他的作品表面上看起来很简单，但实际上都精心加工过，极富暗示性和底蕴，这使他的文体极为精练简洁。海明威还继承了马克·吐温以来的口语风格，他作品中的人物会话极富乡土气息，角色有血有肉。艾略特也是出色的文学批评家，他的评论散文写得清新透彻，文字利落，他提出创作的"非个人化"，认为以艺术形式表达感情的有效途径是运用"客观相关物"，即以具体的客观存在表现抽象的主观思想。威廉斯的散文集《美国的精神》，主张创作要忠于客观现实，认为"思想仅存在于事物中"。

20世纪还有"哈莱姆文艺复兴"思潮，即在当时文艺界推崇"原始主义"的影响下，纽约的黑人区出现的一种思潮，如休斯、卡伦等。他们的作品在描写异族情调的同时，发掘了黑人古老传统，增强了民族自尊心。之后出现"怯懦的十年"文学思潮。随着各种激进运动的此起彼伏，加之欧洲传来"新左派"的思潮，学术界重新研究马克思主义，又出现把马克思主义与弗洛伊德心理学融合的理论主张。同时，结构主义的理论也开始在学术界流行。另有"婆罗门"作家的批评，代表人物有朗费罗、洛威尔、霍姆斯等。"婆罗门"是这一时期新英格兰地区一批有高度文化教养的作家，或称"绅士派诗人"，都是知识界的名流。他们出于资产阶级民主主义和人道主义，歌颂爱国主义精神，反对蓄奴制，同情印第安人，也对社会流弊提出一些批评。由于他们的出身地位和文化教养，他们的观点和情绪一般较为温和。

三、当代美国文学思潮

到20世纪60年代，美国出现的一系列事件打破了50年代的沉寂。

如美国大学校园里的反战运动,路德·金领导的黑人民权运动,社会上出现的一股强烈要求改变社会秩序和文化的思潮等。经过越南战争、民权运动、学生运动、女权运动、水门事件,美国文坛又开始活跃起来,出现了一批爱思索的作家。在他们眼里,美国的社会变得十分复杂,价值观念混乱。他们普遍感到不知怎样解释这样的现实,于是便通过怪诞、幻想、夸张的方式,再现生活中的混乱、恐怖和疯狂。他们表现的是没有目标与方向的梦境世界,讲述的是支离破碎的故事,描写的是"反英雄"等,甚至是不完整的形象。作为在文学领域的反映,各种创作思潮、文学观念精彩纷呈。从"垮掉的一代"到超现实主义文学、黑色幽默、荒诞派文学、色情文学、科幻文学,不一而足。其中主要的有重农派、迷惘的一代、黑山派、垮掉的一代、黑色幽默等。

"迷惘的一代"是20世纪20年代在美国文坛崛起的以海明威、菲茨杰拉德、伍尔夫等为代表的一批新的作家群体。他们大多数是美国资本主义繁荣时期成长起来的知识分子,经历过第一次世界大战的浩劫,后来又经历了经济危机,深切体会到垄断资本主义社会制度,从而重新考虑旧有的价值和道德标准,并寻求一种能充分表现自己的文学创作方法。他们以反战和理想破灭为主题,运用新的表现手法进行文学创作,以其真切性、现实感和感染力赢得了许多读者。但他们的作品往往存在着明显的逃避现实的思想倾向,并带有苦闷、迷惘、对前途丧失信心的不安与愤懑之情。"迷惘的一代"的作家大多表现出对战争的厌恶情绪,他们不再相信虚伪的道德说教，而以玩世不恭的生活态度来表达自己的消极抗议。"迷惘的一代"的代表作是海明威的《太阳照样升起》。"爵士时代的歌手"菲茨杰拉德的情绪是和"迷惘的一代"相通的。海明威、菲茨杰拉德等作家唱出了幻灭的哀歌。稍晚的伍尔夫在短短的十年里写出了好几百万字小说，其中的主人公都是她自己，主题是不断寻求连作者自己也不甚清楚的目标。

"南方文学"派是20世纪20年代发端于美国的一个文学流派，以福克纳为代表的具有美国南部地方色彩的作家群组成，有《南方评论》等重要刊物作为阵地。他们在思想倾向和艺术风格上的共同特点是着重描绘南方的历史、人物、风俗、景色，并对之渗透着一种既赞颂又谴责、既怀念又憎恶的双重感情。他们的表现手法与意识流小说有相通之处，但标新立异，善于将古旧的悲剧题材与"现代化"的最新的艺术手段相结合，夹带着传统文学形式的冲力与惯性，为人们展现一幅"奇异流动的、不可捉摸的"现代文学的怪诞图景。福克纳的作品如《声音与疯狂》等，在构筑一个独特的艺术世界、反映南方精神面貌、刻画复杂的人物性格与艺术手法的多样创新上，都很出色。他的约克纳帕塔法世袭小说被认为具备美国小说史前所未有的特点——地方感、历史感和乡土社会感，因而被认为是欧美现代派文学重要的代表人物之一。福克纳以及其他南方作家大多站在道德的立场上批判现代资本主义的物质文明。他们的作品里有许多对罪恶和变态心理的描写。他们的用意是清除污秽，让心爱的故乡变得干净一些。

"重农派"是一股很有影响的思潮,他们聚集了以"逃亡者派"为主体的12个南方作家,其中有兰塞姆、华伦、泰特以及诗人弗莱彻、剧作家扬格等人。他们撰写的专题论文集《我要表明我的态度》这部被看作"重农派"宣言的著作在社会上引起了不小反响。这些文章的主旨都是以南方农业社会为尺度来评价、批判现代美国资本主义社会。此后,泰特等人编辑出版了"重农派"的第二部论文集《谁占有美国?》。经济大萧条时期,重农思想对南方知识分子影响极大,这种思想不仅贯穿在兰塞姆、戴维森、泰特、华伦等人的作品中,在福克纳、戈登、莱特尔以至韦尔蒂等人的小说中也有鲜明的体现,一时形成了一股很有声势的文化潮流,以至于有"重农运动"之称。1939年兰塞姆创办了《肯庸评论》,成为"重农派"作家重要的活动阵地。美国现代重要的文艺批评流派"新批评派"就是围绕着这一刊物形成的,"新批评派"中的不少成员也都是"重农派"的核心人物。

"垮掉的一代"由一批不满当时美国现实的青年作家组成,以1955年在旧金山的一所美术馆举行的一次诗歌朗诵会为标志,用以描绘"彻底垮掉而又满怀信心的流浪汉和无业游民"。"垮掉的一代"对战后美国社会现实不满,又迫于麦卡锡主义的反动政治高压,便以"脱俗"的方式来表达抗议,形成了独特的社会圈子和处世哲学。他们的反叛情绪表现为一股"地下文学"潮流,向保守文化的统治发动冲击。他们受存在主义和精神分析学理论的影响，用"激进主义"反抗资本主义和马克思主义，是第二次世界大战后美国社会政治造成文坛冷落和青年一代沉沦的产物。他们的诗歌和小说主要展示他们群居、吸毒、酗酒等"反叛"生活的内容。其中有些人把这种生活与情绪写入文学作品，这便是"垮掉的一代"文学。这种文学发展到后来，在国内民主运动高涨的背景下，增加了一些政治色彩。但是对他们中许多人来说，东方信仰与东方哲学更具有吸引力。

"垮掉的一代"在诗歌创作方面较有生气，并恢复了美国诗歌朗诵的传统。著名的有凯鲁亚克、金斯堡、巴罗斯、格雷戈里、柯尔索、霍尔姆斯、克雷姆和斯奈德等。"垮掉的一代"人生哲学的核心是个人在当代社会中的生存问题。霍尔姆斯和梅勒借用欧洲存在主义观念，宣扬通过满足感官欲望来把握自我。斯奈德和雷克思罗斯则吸收佛教禅宗的学说，以虚无主义对抗生存危机。在政治上，他们标榜自己是"没有目标的反叛者，没有口号的鼓动者，没有纲领的革命者"。在艺术上，雷克斯罗斯在《离异：垮掉的一代的艺术》中宣称，他们"以全盘否定高雅文化为特点"。凯鲁亚克发明的"自发式散文"写作法和奥尔逊的"放射诗"论，在"垮掉文人"中被广泛奉行。在小说方面，凯鲁亚克的一组用自发表现法写成的"路上小说"，除了《在路上》之外，还有《地下人》《达摩流浪汉》《特莉斯苔萨》《孤独天使》等。

"黑色幽默"派是美国小说创作中最有代表性的流派之一，在美国文学中至今仍有相当深远的影响。"黑色幽默"作为一种美学形式，属于喜剧范畴，但又是一种带有悲剧色彩的变态的喜剧。它的产生是与美国的动荡不安，当代资本主义社会的荒谬可笑的事物和"喜剧性"的矛盾相联系的。黑色幽默作家虽然也抨击了包括统治阶级在内的一切权威，但是他们强调社会环境是难以改变的，因而作品中往往流露出悲观绝望的情绪。例如，海勒的《第二十二条军规》、品钦的《万有引力之虹》、小伏尼格的《第一流的早餐》等作品，突出描写人物周围世界的荒谬和社会对个人的压迫，以一种无可奈何的嘲讽态度表现环境和个人（即"自我"）之间的互不协调，并把这种互不协调的现象加以放大、扭曲，变成畸形，使其显得更加荒诞不经、滑稽可笑，同时又令人感到沉重和苦闷。在创作方法上，"黑色幽默"作家也打破传统，小说的情节缺乏逻辑联系，常常把叙述现实生活与幻想和回忆混合起来，把严肃的哲理和插科打诨混成一团。"黑色幽默"主要作家有海勒、小伏尼格、品钦、巴斯、珀迪、弗里德曼、巴赛尔姆等。

（一）后现代思潮

历史进入当代，无论在理论、艺术还是科学中都发生了一个后现代转向，即从现代到后现代的划时代转变。生活中各个方面的巨大动荡与变化，产生了关于后现代问题的理论。由于各种文化、技术、经验的新形态及经济、政治、社会的惊人变化，使得当代社会与它之前的生活形态出现了明显的断裂，从而带来了现代时期的终结。在文化领域，最近的十几年中出现了对现代主义的否定，同时各类艺术中的后现代主义遍及从电影到新兴多媒体的各个美学领域。此外，后现代主义的理论也波及学术界的各个领域，对包括科学在内的众多领域中的知识传统提出了挑战，并且已经改变了它。这种表现在社会生活、艺术、科学、哲学中的巨大变化称为"后现代转向"理论。后现代转向包括在广泛领域中从现代到后现代理论的转变及向一个新范式发展的趋势，这一范式以新的方式观察和阐释世界。后现代转向还包括后现代政治的出现，后现代特征的新形态及文化、技术的新结构。

后现代转向所带来的经验、理念和生活形态使已有的思考和行为方式不再无可争议，并提供了观察、写作和生活的新方式。后现代转向超越了那些既定的，人们久已习惯安于其中的事物，而进入一个新的思想与经验的王国。它不仅包括新型的文化与日常生活形态，也包括已经到来的日益扩展的全球经济和文化、政治及后现代自身的新方式。后现代转向是全球性的，已波及整个世界，活跃在从学术界、前卫文化圈到大众文化及日常生活的广泛领域，因而尽管对于后现代多有争议，但它对于阐明当今时代已具有决定性的意义。

"后现代"这一术语作为当下时刻的同义词，作为表达当代生活的新异独特及与现代社会、文化断裂的标志词而日益为人们所接受，它跨越了艺术、人类学、科学、政治等多种不同的生活领域和理论领域。

（二）"后理论时代"思潮

所谓"后理论时代"是指批评界出现的对纯理论的反思。所谓"纯理论"或者"元理论"指只满足于侈谈"理论"的理论，通常指解构主义或者拉康心理分析等伴随"语言学转向"的批评理论。哈佛大学教授佳丁把20世纪80年代后期称为一个时代（后现代）的结束，标志着新时代（她称之为trans-modern时代）的开始。对这个新的时代，其存在（即它和后现代主义时代的区别）可以明显感受得到。如后现代主义原本就已经对形而上的"客观""真理"进行过解构，但是此时却发现虚伪和"操纵"其实充斥了现实生活的方方面面，醉心于精心挑选一些解构实例实在是显得微不足道。

自从德里达的著名论文《人文科学话语中的结构、符号和游戏》发表，突出了结构中蕴含的矛盾和冲突，批判了西方形而上传统，抛弃了结构主义的基本理念（如二元对立）和使用的方法，便宣告了结构主义的终结，展现出向后结构主义过渡的痕迹。解构主义的这一革命性思想，是取代保守的结构主义的最佳选择，而进入20世纪80年代后，随着自然科学的突飞猛进和社会科学的日新月异，人文学者对人类文化的进步做了更加深入的思考，取得了众多突破，使得美国文学文化批评理论又有了新的发展。事实上，人类有史以来发生过的巨大变化中，大部分巨变发生在20世纪。人类有史以来产生的科学家、思想家中，大部分生活在当今社会。同样，人类有史以来产生的文艺文化批评理论家，也大部分生活在这个世纪。

自 20 世纪 70 年代开始，美国批评理论界的"理论意识"更加自觉，更加强烈。理论界一方面注意反映、探讨各种新理论新方法，另一方面更加注意批评理论和现实世界的关系，扩大"理论"的涵盖范围，把艺术、历史、思想史，甚至法学等包括进来。如他们讨论的少数裔研究、文学系统论、二战时期的屠犹研究、加缪研究、法国思潮、艺术史和英美当代诗歌理论等，内容上包括文化、文学、历史、思想史、性别研究、哲学、法学理论等。后期，世界上发生了一系列重大的政治、科技、文化事件，对批评理论产生了强烈的震撼。大凡在历史的重大转折关头，理论家们总会不约而同地关注历史，如后殖民主义批评理论就是批评理论和历史、地缘政治的结合，怪异论是批评理论和人类学结合的产物，批评理论进入人的主体问题时便产生了当代女性主义研究、离散族裔研究等，统称为"身份问题研究"。

这种"后理论时代"在美国批评理论界的权威斯坦利·费希那里被称为"反理论"。1994 年费希出版《没有言论自由这么回事，而且这是一件好事》，1995 年出版《专业正确》。在这两本书里，他阐述了自己对批评理论的看法。费希所谓的"理论"指脱离具体历史境况、被高度抽象化，并且放之四海而皆准的概念，如"自由""平等""博爱""宽容""中立""多元化"等，而把通常意义上的批评理论称为"概括"。虽然费希竭力说明"理论"不等于"概括"，但是两者间显然有密切的联系。不论"理论"还是"概括"本身都没有实质性内容，却据称适用于普遍的具体个案。20 世纪 60

第二章 英美文学思潮与风格的演变

年代初的各种语言学学派（乔姆斯基语言学、计算机语言学、话语行为理论、巴赫金的语言范畴等）有一个共同的基本观点：发现并描述语言形式的普遍系统，将它应用于文本，以便产生正确的阅读。所谓"正确"就是超然于语言使用者出身背景、个人好恶之外，放之四海而能被普遍接受。这种对文学语言规律的"概括"就已经是费希所称的"理论"了。费希反对把学科变成政治工具，认为批评的政治化成了一种"政治正确"的做法，批评理论不会产生实际效果，不能正面影响人们的实际活动。比如学术界的女性主义（性别研究也是如此）来自大规模社会运动，而不是女性主义理论产生了妇女解放运动，即使没有这样的学术实践，这些社会运动照样会产生和发展。因此他的结论是：要指望由学术思想来引发社会变革是极其困难的。他在《专业正确》里特别强调所谓"任务的专门性"，即每一个学科都有各自的独特性、专门性与集中性，因此理论与实践之间无法进行沟通或者转换。对于有人试图寻找一种理论视角来包容多种理论范围，如有的文学家想跻身于史学家或者哲学家行列，费希认为是个大错误，其结果反而会导致文学批评的终结。基于此，费希直言不讳地批评一些跨学科的研究方法，如新历史主义和后殖民主义。费希称自己是坚定的"意图论"者，认为文学阐释的合法性必须依照作者的原始意图来衡量。有人也许竭力反对意图论，但在解释具体诗歌时，这两种理论差异不会使文本阐释有明显的不同。费希并不掩饰自己的保守主义，直言不讳地说明自己的批判对象主要是以洛克、霍布斯、密尔、柏林、罗斯等人为代表的古典自由主义或启蒙思潮。他把自由主义、启蒙思想理解为：一种建立某种管理形式的尝试，这种管理/政治形式是程序性的而非替代性的，可以使具有不同政治倾向的人在其中公平地进行竞争。他的"弥尔顿研究"遵循的就是这样一种观点。弥尔顿研究者多认为弥尔顿是民主派代表，是民主理念的化身，集中体现了自由主义的品德（程序性、宽容性和多元性等）。费希则认为，弥尔顿其实是个咄咄逼人的排他主义者，顽固地追求绝对真理，对持不同观点的人毫不留情，必欲置其于死地而后快。所以他笔下的弥尔顿大肆反民主、反自由主义、反启蒙理念。

第三节 英国文学的风格与特点

文风与风格是文体学研究的重要内容。文风是指人们使用语言的作风，它是人的世界观和辞章修养在使用语言去表达思想、交流感情、沟通信息的交际活动中，依据特定的语言环境和特定的思想内容去选择原材料时的集中表现，是语言的思想内容和语言的表现形式是否有辩证统一关系的体现。它具有时代风格、民族风格、个人风格等方面的特点。

一、时代风格

英国文学史源远流长，上可溯至公元七八世纪的盎格鲁-撒克逊游吟诗歌，下可追及 20 世纪末的当代文学。文学的发展往往有其自身的客观规律，同时也有与其变化相适的历史氛围和社会土壤。

（一）英语词汇与语法的时代风格

在日耳曼部落定居不列颠岛以后，全国长期战火纷飞、动荡不安的局面形成了以方言为主的古英语（old English，449—1100 年）时期，在语音、词汇、语法等形式上与现代英语大不相同，具有时代风格。莎士比亚名作中的两个名例极好地显示了早期现代英语（early modern English，1500—1700 年）与后期现代英语（modern English，1700 年至今）语法上的显著差别。

如：

The summer's flower is to the summer sweet.

Though to itself it only live and die.

夏天的花点缀了夏天的甜美。

可花儿啊，任凭自开自凋零。

The most unkindest cut of all.

所有之中最为残酷的伤害。

这两句里前者 only 一词的位置及后者 most unkindest 所谓双重最高级，现在都被视为错误的用法。同时，某些陈词弃语除了在当代诗歌中出现，在其他文学作品中几乎全部被废弃。这些弃语都显示出文学作品的时代性。

(二) 文学创作的时代风格

不同的时代有不同的物质和精神文化,写作主体生活在一定的时代,必然会受到时代文化的浸染,从而在文章中表现出来,成为一定时代里说话写文章的普遍风气和风尚,具有模仿性与共性。

伊丽莎白时代是英国文艺复兴文学的鼎盛时期,是整个欧洲文艺复兴时期文学的高峰,这一时期的文风推崇自然之上的人工精雕细凿,以讲究文采、重视语言的审美功能而闻名于世,最辉煌的代表是莎士比亚的戏剧创作。

莎翁用丰富的辞藻、别出心裁的措辞以及复杂的明喻、暗喻等来提高自己作品的修辞效果,使自己的作品语言夸张而甜美,意象形象生动,具有实体感和美感,这些意象如诗如画,抒发了作品中人物在特定场景中的心情,节奏鲜明,跌宕起伏,富于哲理。

二、民族风格

民族是一种具有共同语言文字、共同居住地域、共同经济生活以及表现于共同文化上的共同心理素质的共同体。由于各个民族和国家的历史发展不同,在漫长的历史长河中所沉淀的历史文化也不相同。各民族的文化都有同一性,不同国家、不同民族活动的多样性和观念的多元化使其文化内容和形式出现多样性。这种区别于其他民族物质文化上的特征、特性不仅反映在语言的语音、词汇、语法等形式和意义本身，也反映在语言所表达的内涵上。这种在长期的文化进程中所形成的传统的文化心理必然会在文章写作中表现出来，这就形成了文风的民族性。应用语言学家科德说："任何想要不按约定俗成的方法使用语言的企图，即违反代码，又都必然导致交际的失败。"

不同的风俗习惯、称谓、词义内涵和宗教信仰都可能形成不同的民族风格。

三、个人风格

一定的时代除了有一定的统一文风之外，使用的语言也会有个人风格。它是人的思想、性格、阅历、职务、地位、思维方式、生活态度、表达能力等素质在文字上的综合表现，是透过语言文字表现作家个体在创作上有别于他人的艺术特色。黑格尔阐发过这一观点"风格一般是个别艺术家在表现方式和笔调曲折等方面完全具有他的个性的一些特点"。英国文学家对文字有独特的理解与驾驭，如有的习惯用一定的词语和句型，有的爱引用别人的话，有的爱用比喻的修辞手段，有的却爱用夸张的幽默技巧。

四、风格准则

准确、鲜明、生动、简洁、有力是当代中外公认的文风标准。而当代的美国语言学家格赖斯提出了"风格准则"的问题,指出人们在使用语言中务必遵守一系列准则,风格准则是其中之一。语体、文体、文风、风格等在语言实践的各种形式中,要有恰当得体的体现。但在英国文学作品的人物语言中,违反风格准则却是一种形象的修辞方式。狄更斯的《大卫·科波菲尔》中有一个叫米考的人物,他对年仅10岁的大卫·科波菲尔说了这么一段关于烤面包的话:他故意违反口语用词的常规,让说话人用了许多书卷语言,显得愚中有智,深化且丰满了老学究的形象。

对英国文学作品的文风与风格进行系统的研究,有助于了解在时代交替、各种政治与文化思潮不断演变下英语语言的发展及对其文风与风格的影响,消除对英国文学作品理解与赏读的障碍,提高我们的文化修养,陶冶情操,这对研究英文文化与艺术交流有着重要意义。

第四节　美国文学的风格与特点

在当代美国文学史的书写中,"族群文学"是一个重要的现象。美国的"族群文学"从最初作为边缘的、补充性的"少数族群文学",演变为今天"美国文学"历史书写的基础框架,性质发生了重要改变。这同时也说明了"美国文学"出现了"族群化"的趋势。本书在描述美国文学历史书写之"多族群"和"多语种"特性的基础上,讨论"族群文学"单位划分的依据以及这些类别的确立对文学叙事的影响。

第二章 英美文学思潮与风格的演变

"什么是美国文学?"如果说,自公认为学界第一部规模宏大且具有较高学术价值的《剑桥美国文学史》1917年出版以来,直到20世纪50年代,美国文学研究对此的回答是建构一个脱离英国移民地传统的、有着独特的美利坚民族认同的"美国文学",那么,从20世纪60年代民权运动以来,学界对此的阐述,恰恰是对前一阶段的质疑和纠偏。在性别研究、种族/族群研究和后殖民研究的推动下,美国学界提出"重构文学史"的概念,其震动之巨、成效之可观,一直影响到今天。

具体而言,"重构文学史"的进展如下:20世纪60年代的民权运动提高了人们对少数族群的关注度;70年代大量出版少数族裔作家作品和一些批评著作;70年代末和80年代在学界得到进一步反馈,包括召开研讨会、改革大学课程、培养新的教师队伍、编纂可供教学使用的文学史和文学作品选集等。从20世纪80年代末到21世纪初,旨在改变经典阅读结构和建设教学资源的几部著名的美国文学史和文学选集陆续出版,"重构文学史"得到了真正的实现。

在此过程中,"族群文学"从最初作为"少数族群文学",到现在成为"美国文学"的基础框架,其性质发生了显著的变化。

本书将以重要的文学史文献为例,讨论"族群文学"之于当代"美国文学"的意义,并阐述"族群文学"之"族群"的边界确立与文学建构的关系。

一、"美国文学"：从多族群到多语种

美国文学历史的编纂有两大体例：文学史和文学作品选集。前者是对文学史直接展开事实陈述和史观论述，后者则是通过作品选编和简要的论述来体现文学史史观。

第一部具有变革意义的文学史，是1988年埃默里·埃利奥特主编的《哥伦比亚美国文学史》。这部文学史反对以往一元化美国文学史的编纂方式，把本土裔美国文学作为美国文学史的开端，并勾勒了非裔、墨西哥裔和亚裔美国文学的发展，强调美国文学的多样性。紧接着是1990年出版的保罗·劳特主编的《希斯美国文学选集》。这本旨在选择能展示美国文化多样性的作品的文集，收录了109名来自美国各族群背景的女作家作品，以及25名本土裔、53名非裔、13名拉丁裔和9名亚裔美国作家作品。如此大规模地扩展少数族裔作品的数量和结构，引起了美国文学界的震动。2007年出版的《诺顿美国文学选集》第七版，收录了14名非裔、7名本土裔、5名亚裔和5名拉丁裔的作家作品。此外，还出版了《诺顿非裔美国文学选集》《诺顿拉丁裔文学选集》等，可见族群文学已经深入美国文学编纂的经典品牌中。

这些出版成果表明，在单一族群文学研究不断深入发展的同时，族群文学也成功地加入了整体美国文学史的构成。然而，族群文学如何加入？文学史又以什么样的编纂和叙事方式来回答"什么是美国文学"的问题？

第二章 英美文学思潮与风格的演变

以《希斯美国文学选集》为例。在《致读者》里,主编劳特先探讨了在文化多样性的时代"成为美国人"的意味。

这个问题(即"成为美国人意味着什么"的问题)从殖民时代开始就是作家们关注的中心,富兰克林、爱默生和亨利·亚当斯,都对此提供了不同的却互有关联的回应。尽管他们的作品十分重要,但其中也没有彻底讨论这个问题。事实上,对那些来自美国社会边缘的人群——如奴隶、移民、"本土裔"美国人——来说,这个问题更为严重。于是,我们纳入19世纪晚期和20世纪早期这个不同寻常的时期,我们认为读者们将会从布克·华盛顿、亚伯拉罕·卡汉、水仙花(伊迪丝·伊顿)、红鸟(格特鲁德·西蒙斯·博宁)、亚历山大·波西和玛丽·安廷的写作中获得可变的选择。

"成为美国人"是一个由来已久,但却是开放性和尚未终结的问题,居于不同族群位置的人对此均有不同答案;同时,也说明文学作品被视为提供"美国意识"的文献,视为建构不同时期、不同内容的"美国意识"的文本。后一种观念从1917年版的《剑桥美国文学史》就已确定下来:当时的编辑认为,文学史应当收录"表达美国人民生活的书写,而不只是关于纯文学的历史",因此无论是富兰克林的散文,还是《联邦主义者》、旅行文本、回忆录,以及演讲词,都属于一个广义的文学历史,这部文学历史是关于"国民性格"的历史。显然这个"大文学"的观念一直延续到20世纪后期,并给后来试图重视边缘性的作家作品的文学史编纂者以便利和启发：无须用已确立的经典的美学标准来评判少数族群作家作品，也并非用新的少数族裔作品来"点缀""补充"已有的文学史，而是把它们都看作关于"美国人""美国意识"的表达；尽管一度被遗忘，但却与以往的经典作品一样重要。

在这样的逻辑下，少数族裔作品进入美国文学史的编纂，必定带来历史书写的革新。这体现在重建文学史书写的起源、重写文学发展的逻辑和动力、重建文学研究的框架和范式等方面。劳特阐述了新文学史与旧文学史在塑造学生认知方面的不同。他以美国早期文学为例："清教徒的观念和机构组织显然很重要。但是今天美国宗教生活的起源，比那些在马萨诸塞海湾殖民地建立起来的宗教更悠久、更多元。一节关于"清教徒书写"的课程，提供研究重要文本的机会，但是这个课程与另一门"早期美国的宗教文化"的课程导向不同方向，后者可能包含西班牙天主教教徒和本土裔美国人口头传统的文本。"

在《希斯美国文学选集》中，第一部分《殖民时期：至1700年》，有103篇作品。既有来自"本土裔美国人"的8个部落的口头作品，也有11位西班牙、法国探险家的书信、航海日志，还有9名英国殖民者的作品和用于新英格兰殖民地清教徒宗教生活的《海湾诗集》和《新英格兰初级读本》。这部分的编者在导言里把这时期的美国文学描述为：在一个既新又旧的天地里，既有本土美国人的口头传统对抗新来者的文本，又有欧洲探险家、定居者采用变形的欧洲文类来描述他们看到的世界。

第二章 英美文学思潮与风格的演变

从《希斯美国文学选集》看,无论是"族群文学"还是"美国文学",其含义都发生了革命性的变化。就前者而言,其俨然摆脱了"少数族群文学"的标识,而成为美国文学有机的一部分。例如,本土裔美国文学,作为北美大陆的原住民文化,与清教徒文学一起,构成了"美国文学"的开端。反过来,原来被视为脱胎于欧洲文化又带有"新世界"气息的"清教徒"文学,如今与"本土裔美国文学"具有平等的地位,也只不过是英国移民族群的故事。顺此推导,美国文学难道不能视为多个族群文学的有机整合?正如海克·保罗说的,"族群性已经越来越普遍地成为美国文学分类的商标,这种分类囊括了所有的美国文学(甚至所有的文学)"。去"少数化"的族群文学与"美国文学"实际上互为影响,发生了双向变化。

上述《哥伦比亚美国文学史》《希斯美国文学选集》及《诺顿美国文学选集》系列虽然改写了"美国文学史",但都是在英语世界进行的扩充。到了21世纪,老问题引出了新故事——什么是美国文学?不只是英语写作的文本,还包括非英语的文本,因为由不同族群构成的"美国人",他们的语言就是多样化的:西班牙语、印第安语、犹太语、汉语、日语等,即便是英语,也夹杂了很多"非英语成分"。为此,马克·希尔和温纳·索罗斯主编了《多语种的美国文学选集》,旨在把由多种语言构成的"美国文学"原初状态从其英语简化版解放出来。文集收录了包括意大利语、阿拉伯语、法语、波兰语、俄语、威尔士语、瑞典语、希伯来语、丹麦语、挪威语、汉语、希腊语、德语、匈牙利语、意第绪语、原住民语、西班牙语、还有西班牙和英语混合书写以及多种语言混写的文本，一共31部（当然，为了便于英语读者阅读，都附有最新的英文翻译）。这项工程挖掘了更多的湮没在历史中的文本——据编者说，美国的多语文本浩如烟海，比如"光是哈佛大学图书馆，就有12万余种在美国出版的用许多语言书写的作品：从本土裔美国人的文本，到西班牙语、法语、荷兰语和俄罗斯语的殖民书写，从德语移民文学到所有欧洲人的移民文学，从亚裔文学、非洲语言的文学，到法语、阿拉伯语文学"。这证明了美国文学的复杂性和多样性远远超出了以英语为载体呈现出来的版本。恢复多语种的文学，实际上是揭示英语文学中心化和国家化历程之外的复线历史。然而，从接受阅读的角度来说，如果当代大多数读者都是单一语言者，那么将各语种的作品选编出版的意义何在？编者之一的温纳·索罗斯在其主编的另一本论文集《多语种的美国》的"导论"中说，"单语主义"实际上只是某些现代国家的教育理念，而世界上许多国家的真实生活状态，是双语的甚至是多语的。直到20世纪前半期，美国的文学史都关注非英语的文学，这种声音直到近几十年才消失。换言之，"单语"（只使用英语）只是很晚近才推行的国家教育政策，既不是现实也不是历史真相。历史的事实是，以往被认为非常"美国化"的用英语写作的作家如朗费罗，都是具有丰富的多语文化背景的。仅从英语文化的角度去理解，实际上是"窄化"了他们。换言之，编纂多语种文学，目的是恢复历史的丰富性，也恢复"人"的丰富性。

由于族群议题和语言议题紧密相连,所以从"多族群"到"多语种"符合"美国文学"日益"族群化"的发展逻辑。这不是要"去国家化",而是要切实展示一个"国家文学"如何由多种线索连接起来,使美国文学呈现为众多语言、众多文化遗产相互交织、碰撞的历程和结果。这个视角对于理解多元化和跨国交流频繁的当代尤为重要。

二、"族群文学":类别及特点

如果说今天对"美国文学"的理解不能离开"族群化"的框架和范式,那么在文学研究和文学史叙事中,不可避免地会建立"族群文学"的类别,即包纳、集合了某一"族群文学"的"族群单位"。由此带来的问题是:当代美国文学中较固定的"族群文学"是什么,它们是如何确定的?更重要的是:族群文学类别的确立对文学叙事的影响是什么?

在《美国族裔文学的起源》一书里,作者海伦娜·格雷丝把非裔美国文学、本土裔美国文学、拉丁裔美国文学和亚裔美国文学作为当今美国族裔文学的四大分类。理查德·格雷的《美国文学史》在讨论1945年以后的美国文学时,把文学的族裔群体分为:欧洲移民、非裔、奇卡诺或拉丁裔、亚裔及本土裔。这样的分类将"欧洲移民"也视为一个文学族群,更明确地给当代美国文学设置了族群表述的框架。从这两本书以及近年的趋势,可以越来越明显地看到,除了欧洲裔(非西班牙语的欧洲裔)以外,非裔、本土裔、奇卡诺/拉丁裔、亚裔是使用得较多的族群文学单位。那么,它们是如何确立的？

"族群文学"类别的确立，首先与近年美国官方确立的种族和族群分类标准相关。1997年美国行政管理和预算局发布了《关于种族和民族联邦数据分类标准的修订》。该文件确立了美国人群分类依循的两个原则。第一，种族的划分原则，即把美国居民分为五个种族群体：白人、非裔美国人、美洲印第安人或阿拉斯加原住民、亚裔、夏威夷原住民、其他太平洋岛屿居民。第二，族群的划分原则，即把美国族群分为西班牙裔人或拉丁裔和非西班牙裔人或拉丁裔两类。从这两个分类原则看，"种族"的区分既依循生物性特征（如白人、非裔、亚裔），又结合了历史地理的范畴（如非裔美国人、阿拉斯加原住民、夏威夷原住民）；而"族群"原则的引入、对"西班牙裔或拉丁裔"的强调，进一步显示"种族"的分类不能完全涵盖所有的美国人，因为"西班牙裔族群的人可能属于任何一个种族"，"任何一个种族的人都可能是西班牙裔或者非西班牙裔"；从"族群"的角度区分西班牙裔／拉丁裔和非西班牙裔／拉丁裔，主要是着眼于语言和文化的范畴。因此，生物性特征、历史和地理范畴、语言和文化范畴，都是美国官方划分人群所凭借的依据。美国族群文学的划分显然主要以官方的种族／族群分类名称为依据，如非裔美国文学、亚裔文学、西班牙裔／拉丁裔文学，这些群体都与美国分政管理和预算局的几大"种族／族群"分类标准一致。

除此以外，族群文学类别的确立，还与美国文学历史中的文学运动、

第二章 英美文学思潮与风格的演变

文学积累相关。如"非裔美国文学":早在1789年就出现了非裔文学作品,在19世纪"废奴运动"前后,出版了一批黑人自传性作品;20世纪20年代兴起了著名的"哈莱姆文艺复兴"运动;20世纪60年代在民权运动的激发下,更是涌现了大量优秀的作家、批评家,逐步把"非裔美国文学"推向学界和大学的课堂,使这一文学群体趋向成熟。同理,"本土裔美国文学""拉丁裔美国文学""亚裔美国文学"的兴起,都与历史中存在着的大量被湮没的或在"文化战争"运动中出现的杰出作品、批评理论密切相关。

从以上叙述中,我们大致可以总结出美国文学史书中族群文学单位的确立原则和特点。其一,族群文学的类别,是基于人口统计、社会运动、文化整合和文学实践之上的表述单位,其命名更多地来自"他称"而非自我认同。其二,族群文学类别的命名、边界随着社会文化的变迁而改变。其三,近年的族群文学类别以美国社会里可容纳最多认同可能性的框架为划分依据,主要作用在于对外区分,内部却缺少同质性。

美国族群文学类别的确立,给美国文学史书写和文学研究带来两个主要的影响。在文学史叙事方面,学者们通常建构与命名相一致的表述话语。再以《诺顿拉丁裔文学选集》为例。编者把近500年来的作家作品按时间顺序排列,分为5个历史时期,分别是殖民时期(1537—1810)、占领时期(1811—1898)、适应时期(1899—1945)、剧变时期(1946—1979)、进入主流时期(1980至今)。

这里的叙述主线是拉丁美洲各国反对殖民主义，获得独立和拉丁裔移民进入美国，建立认同。按照这个逻辑，《进入主流》一章自然是全书中最多的一部分，因为这个时期是西班牙式英语广泛传播和拉丁裔族群研究渐成规模的时期，这时期的文学作品被视为在多样性的基础上寻求泛认同感的文献。因此，为使"拉丁裔文学"名实相符，"选集"编纂的逻辑与历史叙事动力都紧紧围绕着"拉丁裔"认同的缔结，使之成为"拉丁裔"这一"想象的共同体"形成的主线。

第二个影响，族群文学类别内部的多元性、歧义性，使美国文学研究者反思，得出"族性"与"文学"并非直接对应关系的结论。无论是《诺顿拉丁裔文学选集》还是《诺顿非裔美国文学选集》，与其说它们让读者看到了某个族群的"特性"，不如说它们强调的是各种类型的文学作品如何参与了建构（或解构）各种话语中的"族群性"。故学者温纳·索罗斯在《超越族性：美国文化中的认同和血统》中亦提出，"族性"不是一个恒定的范畴，研究者要考察"文学"是如何在历史和社会情境中建构出"美国熔炉"中的种种"族性"的。

三、美国文学研究中的跨学科研究方式

美国文学研究作为一个学科，是外国文学研究的重要组成部分，且在跨学科方式上有丰富的实践。本书即从美国文学研究入手，从三个方面探讨跨学科研究方式的缘起、存在和发展。从历史的角度看美国文学研

第二章 英美文学思潮与风格的演变

究中跨学科方式的发展过程、留下的轨迹和产生的影响，并在此基础上进行辨析和总结，以期对美国文学有更好的理解。就美国文学研究而言，讨论跨学科研究方式的方法之一，是从历史入手认识其发展的过程和产生的影响，而所谓"历史"，指的是"美国文学研究"在美国的历史，确切地说，涉及作为一个学科的美国文学研究在美国的产生过程。聚焦这个过程，我们可以发现，历史上的美国文学研究在很大程度上已经在践行跨学科的方式。

作为一个大学设置的学科，美国文学研究在美国肇始于20世纪二三十年代，此前大学里的文学课程以古典文学和英国文学为主。根据美国文学史著名学者斯皮勒的研究，直到1918年，作为一个单独的学科，美国文学并没有出现在大学课程中，此后的很长时间也没有得到特别的关注——尽管美国文学在美国大学中的教学可以追溯到19世纪90年代，甚至更早。有关美国文学的阐释，从一开始就被放置于美国思想发展史的大背景下进行。在这个方面，1927年出版的《美国思想主流》可以看作是一个范例。这本书的作者帕灵顿在导言里这样说明其研究方式："（本书）选择了一条宽阔的道路，融政治、经济与社会发展于一体，而不是狭窄的基于'美文'的纯文学作品，主要研究内容放置于构成文学流派和运动发展的各种势力之中，它们形成了思想的体系，而文学的潮流最终是从中发展出来的。"在帕灵顿的这个思想体系中，被并列在一起加以讨论的有文学作者库珀、爱默生、梭罗、富勒、艾伦·坡等，以及思想家爱德华兹、富兰克林、杰弗逊、林肯等。显然，帕灵顿的做法打破了以往聚焦于"美文"的文学研究方式，把文学视为思想表述的渠道之一，意在从文学中辨析美国思想发展的痕迹。正如美国研究学者怀思所称，帕灵顿这样做的目的是要探索所谓"美国心灵"。用现在的眼光来看，帕灵顿所运用的方法，实际已经涉及跨学科研究方式，尽管在那个时候甚至连一些学科的分野还不那么清晰。

帕灵顿着重于历史背景的综合式的文学研究方法产生了深远的影响，之后时常出现在美国文学研究的著述中。概括来说，帕灵顿研究方法的精髓是深入历史语境，归纳其中的核心思想，于纵横交错中勾勒出美国思想的发展脉络，具体做法则是对各种不同文本进行细读，将文学文本与其他非文学文本放置在一起，爬梳归类，从中探寻主流思想的发展轨迹。这种对不同类型的文本进行研究的方式，其实已经显现了跨学科研究的倾向。1941年出版的哈佛大学教授马西森的《美国的文艺复兴：爱默生和惠特曼时代的艺术与表达》一书，被誉为美国文学研究的奠基之作，确立了"美国的文学身份"。马西森延续了帕灵顿开创的背景研究方式，强调对作家所处的时代背景的阐释。但他同时也批评帕灵顿把文学仅仅当成思想表达的工具而忽视了文学本身存在的重要性。在马西森看来"文学反映了一个时代，同时也照亮了这个时代"，而所谓"照亮"是指文学本身的作用，文学不仅仅反映历史大潮流，它也有"自己的生命"。由此，他发展出了一种新的文学研究模式，即以对文学发展过程的研究为目标，以对主要作家的阐释为手段，梳理美国文学表现的特征。这种对文学本身的重视，之后也成为美国文学研究的一个趋势。需要指出的是，帕灵顿和马西森的研究方式并不是一种截然对立的关系，而是彼此间可互相借鉴；历史背景与文学阐释无论在哪种方式中都是必不可少的，两者的融合与后来出现的"美国研究"关系密切。现在看来，这种集历史背景与文学本体于一体的研究方式可以给我们很多启示，就跨学科研究方式而言，一是要把文学研究放置于思想研究的大背景中进行，二是要始终确定文学研究为本体的宗旨，以一种"我注六经"的手段拓宽文学研究的领域，以"六经注我"的方式深化对文学文本的多元化认识。

融合历史背景与文学阐释的方式，也表现在"美国研究"科目的形成和实践上。出现于20世纪四五十年代的美国研究包含了诸多文学研究的内容，同时也充分显示了跨学科的内涵。一些后来被视为经典的研究之作，无不展示出跨学科和多方位视角。其中，"纽约知识分子"著名成员卡津在1942年出版的《扎根本土》，就"被公认为是美国文学研究的经典著作之一"，同时也是"第一部关于现代美国文学思潮的长篇专论"。与马西森的做法一样，卡津重点评述了一些现代美国作家，包括豪尔威斯、华顿、德莱塞、海明威、菲茨杰拉德、福克纳等，同时把评论放置于社会和文学思潮的大背景中，其中涉及20世纪初的民粹主义、之后的进步主义以及来自欧洲的自然主义等。卡津论述的对象也包括产生思想影响的非文学作者，如经济学家、《有闲阶级论》的作者凡勃伦。他从这位经济学家对现代世界的批判态度入手,分析其思想与时代的关系,从中发现了现代人在现代生活中所经历的"机器过程"。这种从文学角度切入的分析既有历史的维度,又有文学与思想的深度,把历史观与文学渗透力有机地结合起来,其实是延续了帕灵顿与马西森所开创的研究方向,在方法上透露出明显的跨学科研究倾向,而这也是卡津的研究获得令人瞩目的成果的基础。

1950年史密斯出版了《处女地:作为象征和神话的美国西部》,这部作品中从历史、神话人物、政治辩论、经典文学和通俗小说等多个方面入手,探究美国西部是如何成为一种精神象征和文化典型的,亦即富有道德内涵的农业和"花园神话"是如何获得美国文化中的地位并发挥作用的。史密斯的研究也显示了跨越学科边界的努力,尝试用一种综合的方式寻觅美国文化中的核心思想及其象征形式。其中,文学也自然成为表述方式之一,比如在论述惠特曼与美国历史中的"天启命定"的关系时,他先是从诗中读出诗人对这种"引导美国走向太平洋的帝国路线的命定过程"的兴趣,再进而论证诗人与西部象征的关联。1955年出版的《美国的亚当:19世纪的天真、悲剧和传统》延续了这种研究模式,作者路易斯把"文章、演说、诗歌、故事、历史和布道这种不同类型的作品串联成篇",用《圣经》中亚当的形象作为主线,勾勒出19世纪美国文化演变的过程。书中讨论的人物包括哲学家、神学家、通俗小说作者、诗人以及后来被视为经典作家的库珀、霍桑和梅尔维尔等,对不同文本进行了更为广泛的互相阐释。这种既有主线，常常以意象作为象征，又有宽阔历史背景的研究方式，也为马克斯的《花园里的机器：美国技术与田园理想在美国》所采用。这部1965年出版的名著以田园意象为中心，上溯古罗马维吉尔笔下的牧歌传统以及莎士比亚《暴风雨》中的田园象征，下及美国作家霍桑、爱默生、梭罗、惠特曼等人作品中田园意境以及由此产生的情感纠结，同时结合美国历史上各个方面的人物对田园意象的阐释，深刻剖析了美国人生活中的田园文化情结和由此导致的对处在荒蛮与人工之间的"中间地带"生活状态的渴望，以及面对以机器为象征的工业化时代到来的既欢迎又抵制的矛盾心理。这也是解读诸如马克·吐温的《哈克贝利·芬历险记》、菲茨杰拉德的《了不起的盖茨比》等美国文学名著中隐含的象征意义的关键所在。更重要的是，马克斯的研究让"田园意象"成为理解美国文学不能绕过的一个重要主题，这一成果不能不说是得益于其跨学科的研究方式。

上述研究事例，可以说都是以学科融合与文本互读的方式开展的，它们丰富了美国文学研究的内容和方法，其探索结果更加靠近了所谓"美国心灵"，而这也成为美国文学研究的一个目标指向。

跨学科、多方位的综合式研究是达成这个目标的不可或缺的选项，不过在此过程中也出现了一些问题，帕灵顿所开创的"宽阔的道路"越来越离开了作为本体的文学本身，文学越来越成为研究的手段，而不是目的。

第三章　当代英美文学语言艺术

第一节　英美文学作品语言美

英美文学是世界文学的重要组成部分，特别是在资本主义发展上升时期对世界文学的发展作出了不可磨灭的贡献。时至今日，研究英美文学已经成为跨文化交际、比较文学发展等多学科多领域发展不可或缺的重要课题。本章首先总结并阐述英美文学作品语言美的三个具体体现，然后就英美文学作品语言美探究的原则与方法进行论述。

英美文学作品语言美探究能够以文学为突破口，通过文学以及语言的艺术研究提高跨文化交际的水平，对于我国文学语言应用以及英美文学翻译都有着不可多得的益处。

一、英美文学作品语言美的具体体现

英美文学领域中经典著作数不胜数，众多的经典作品都集中体现出语言艺术的魅力。语言美是艺术美的重要分类之一，文学作品的语言美集中反映在语言叙述、写作技巧以及主题情节的安排上，以增强人物、主

题思想以及作品的生动性、准确性及韵律感等为主要目的。具体到英美文学作品中，主要体现在以下几方面。

（一）戏剧性独白的运用

戏剧性独白的语言运用是英美文学作品中使用最多的写作手法。所谓戏剧性独白，即把作品人物以及创作者的内心独白通过语言独白的方式展现出来并加以区分。戏剧性独白的运用，既能够帮助读者更加真实、清楚、客观地了解作者的观点，也能够更加明晰作品人物的情感发展，还能够增强读者的阅读思辨思维，进一步构建起作品的多维性。研究者通常认为 1857 年诗人索恩伯里的《骑士与圆颅党人之歌》是戏剧性独白的源头，直到 19 世纪后期丁尼生的作品《六十年后的洛克斯勒官》对于戏剧性独白的使用使得这种写作手法和语言特征显示出了独特的艺术魅力。

（二）多样写作手法的使用

在众多的英美文学作品中多样写作手法的使用特别多见，比如隐喻、反讽、自嘲、象征风格等都是较为常用的文学写作手法。多样写作手法的使用，既能够使叙述语言呈现出美感，又能够使作品中的人物性格、心理刻画等更加生动形象，更具感染力。以 19 世纪美国浪漫主义作家霍桑的长篇小说《红字》为例，作品中较多地使用了象征手法、隐喻手法以及讽刺手法。比如《红字》中森林的意象，把森林与现实社会鲜明地对比起来。再如《红字》中故事情节的安排，本来善良、勇敢、具有反抗精神的主人公白兰却站在了绞刑架下接受审判，这种反讽的创作手法的使用更能够深刻地揭示当时泯灭和扼杀人性的黑暗社会状况。

（三）多引经据典

经典文化是在历史的发展过程中通过历史积淀、人民总结而来的智慧的结晶，是人们共同价值、情感的集中体现，其语言特点在于认同性、蕴含的哲理性以及语言上的简洁性。英美文学作品较多地使用了引经据典这种写作手法，通过对经典片段、词汇的引用和概括性的使用，文学作品的语言更加具有简洁性和深刻的哲理性。

二、英美文学作品语言美探究的原则与策略

（一）运用好当代关于英美文学的艺术理论总结

英美文学作品语言美的探究首先需要明晰英美文学的发展历程，运用好英美文学的艺术理论，能够牢牢抓住不同时期不同社会特征下英美文学的写作特点。古希腊罗马神话是英美文学作品语言艺术的源泉，英美文学作品注重人物刻画，彰显人性价值的写作特征正是源于古希腊神话的创作艺术倾向。

与此同时，基督文化的兴起更是对英美文学的文学意识发展产生了较大的文化影响。此外，从跨文学角度思考英美文学发展是探究英美文学作品语言艺术风格变迁的关键，比如美国文学源于英国文学并受英国文

学的影响,直到19世纪以后美国文学才形成了自身较为独立的文学体系。

(二)英美文学作品语言美探究的原则

英美文学作品语言美的探究还需要坚持跨文化交际的研究原则。英美文学作品的语言艺术源于现实生活,任何文学作品的写作都是源于现实而又高于现实的艺术表达以及情感表达。因此,在英美文学作品语言美的探究过程中既要遵循跨文化交际的原则,以"他我"沉浸在文学作品的阅读中,又要以"本我"的态度审视英美文学的语言表达,才能够更加客观、全面、真实地反映出英美文学语言美的价值。

此外,要把英美文学作品置于当时的创作年代,结合当时具体的社会特征才能够更加理解作者的创作心理、创作目的以及创作情感,才能够更加深刻地认识到作品中关于人物性格、情感以及故事情节的铺垫、叙述等语言艺术的使用。对此,我们要不断提高自身的文学欣赏能力以及语言审美能力。

在跨文化视域下,我们要不断关注英美文学作品的语言艺术,感受美、欣赏美,透过语言来更好地理解作品,从而进一步理解英美文学的发展状况和社会的进步历程。

第二节 英美文学作品的语言运用

在阅读英美文学作品的过程中,英语语言占据重要的地位。依据丰富、经典的英语语言,有效展示作者在文章中表达的情感,提升文学作品的吸引力,让读者留有记忆。为了让大家更好地研究英美文学作品,本节主要是对英美文学作品中英语语言的应用进行深入分析。

一、英美文学中的反讽艺术

阐述性的反讽是在确保作者命题有效性的情况下,真实、有效地展现出信仰。有专家提出,阐述性语言行为在表达之前需要具备一定的基础,也就是说话者对所阐述命题的真实性做出应许。若是说话者没有相信其表达的命题时依旧表达言语,那么就展现了一定的讽刺意味。

《傲慢与偏见》是简·奥斯汀的代表作,文中的第一章中,作者貌似是实事求是,但是依据班纳特夫妇在对话中的描写,从丈夫对妻子的生动刻画,尤其是开头中的第一句,人们可以在其中发现淡淡的讽刺。"It is a truth universally acknowledged, that a single man in possession of a good fortune.Must be in want of a wife."这句话的意思是"凡是有钱的单身汉,总想娶位太太,这已经成为一条举世公认的真理"。在这句开场白中,作者依据反讽展现了当时的社会情境,以此为整体文章的发展奠定了有效的基础。"这是一条举世公认的真理"暗示小说是关于真理的讨论,而句子的正式陈述方式与其最终的意义之间的反差构成了反讽。这里所说的真理即是一个拥有财富的男人一定需要一位妻子,而句子实际隐含的意思是一个没有财富的女子需要一位富裕的男子做丈夫。

第三章　当代英美文学语言艺术

象征手法是文学语言的基础特点，是人在表达承诺，内容是说话的当事人依据一件事情多次对话，并且对这件事情进行承诺，但是交流双方因为彼此之间的认识，或者是对这件事情的了解，认为说话者并没有承担诺言的能力，或者是没有主动承担这一责任，那么这承诺也就成为反讽的代表。例如，《傲慢与偏见》中科林斯先生向伊莎贝拉求婚，但是却与另一个人成婚；彬格莱小姐为了掌握自己的至爱，而极力抵抗自己的情敌，但是却让自己的爱人对情敌产生了更多的兴趣；班纳特先生忽视了对女儿的管教，特别是对小女儿非常不关心，最后自己的小女儿与他人私奔，给了他应有的惩罚；威客汉姆的谎言让他自己的本性得以暴露；德·鲍夫人对伊丽莎白和达西的婚姻进行干涉，却激发了达西的希望，促使他们最后得以结合。

指令性反讽。这一行为就是在让对方去做一件事，表达了说话者的愿望，说话的内容就是让倾听者去做一件事。依据当时对话的情境，若是倾听者觉得说话者的指令并不存在逻辑性，其可以或者是依据一些联系从另一方面了解说话者表达的含义。因此，指令性反讽的效果也非常强大。例如，《傲慢与偏见》中，班纳特太太埋怨自己的丈夫没有去拜访彬格莱，却不断地说彬格莱使人感到厌恶，最后却骂起了自己病弱咳嗽的女儿。在知道自己丈夫拜访彬格莱之后，班纳特太太非常高兴，而这时班纳特先生对着女儿说道："吉蒂，现在你可以放心大胆地咳嗽了。"此时班纳特的回答中对女儿说的话就是一种指令性反讽。班纳特先生并不是让女儿真的咳嗽,而是讽刺自己的太太。

宣告性反讽。宣告形式的语言并没有与实际发生事件的条件结合到一起,由此,在违反诚意条件而构成的宣告性反讽是不常应用的。但是,也有人提出,对诚意条件的反讽性的操作促使所有反讽性的语言行为时一定有的形式。这一形式需要结合说话者具备条件实施一种行为,并且对于交际双方,他们都可以全面认识说话者的宣传实质,可以为倾听者带来知识,并且倾听者也渴望接纳说话者做出的承诺。在违反上述条件的时候,相应的宣告也就会变成"要挟",而这一语言行为也就具备反面讽刺的意味。

二、英美文学中的象征艺术

象征主要是依据现实存在的事物展现抽象的理念,有助于阅读者真实了解文学作品想要表达的情感和意义。例如,肖邦是19世纪美国最重要的女性作家之一,其代表作《觉醒》中女主角艾德娜是那一时期离经叛道的姑娘,她信奉爱情自由,坚信男女两性关系上的单一标准,追求自由、独立的价值取向,但是在发现无法实现自我、无法摆脱社会约束的时候,她选择自杀了结自己的一生,宁死也不愿意放弃自己,以死来维护对自由的向往。在她的另一篇小说《一小时的变故》中,虽然路易斯的死没有艾德娜那样悲壮,但是在她的身上可以看到女主角的影子。以此,可以明确路易斯的死是因为过度悲伤而不是兴奋。依据故事中的问题和反讽，作者想要表达自由是胜于爱情的，甚至高过了生命。肖邦的这篇短篇小说正是依据这些反讽，构建了一个展现马拉德夫人希望自由却又无法冲出婚姻约束的内心世界。同时，这一故事也是对传统社会婚姻观念的无情批判，蕴含了对新生命的出现存在希望意味。这也是一种象征性的展现形式。

语言风格是文化作品划分的特点之一。在实际阅读文学作品的过程中，依据其具备的语言风格可以有效激发阅读者的兴趣。其中，巴尔扎克的《高老头》也展现了非常丰富的语言风格。巴尔扎克作为19世纪中期批判现实主义的代表作家，其展现的文化观念是依据小说分析社会的。巴尔扎克提出"从来小说作家都是自己同时代人们的秘书"的观点。因此，他在《人间喜剧》中为我们展现了一条历史长廊，塑造了2000多个性格不同的人物形象。其中，在《高老头》中展现的最为基础的人物形象就是"被遗弃的人"。高老头是作品中最主要的人物，也是被遗弃的代表。在《高老头》之前，莎士比亚塑造了《李尔王》中一个被遗弃的昏君：李尔王有三个女儿，他想要将自己的土地分出去，但是条件就是要三个女儿表达对自己的爱，大女儿和二女儿油嘴滑舌，骗取了李尔王的信任，但是三女儿则深深爱着自己的父亲，她没有依据言语去表达，但是却遭到了李尔王的嫌弃。就这样，李尔王将自己的土地分给了大女儿一半和二女儿一半，三女儿却没有任何嫁妆。但是在李尔王需要帮助的时候，大女儿和二女儿将自己的父亲像皮球一样踢来踢去，最后还是三女儿在风雨中救了自己的父亲，帮助他起兵收复土地，但是最后却失败了，三女儿最后也死于非命。而作者在创造"高老头"的过程，依据一种极端的情感形式，将人物的典型性不断提升。但是《高老头》与《李尔王》两篇文学作品也存在一定的相同点：李尔王有三个女儿，而高老头有两个。但是，文章中高老头在落难的时候，也有人倾囊相助，虽然最后也卷入了巴黎上层社会的争斗之中。因此，两篇文学作品的结局存在一定的相同点。

　　依据无形的形式展现象征手法。在很多英美文学作品中都有象征手法的应用，而无形展现这一手法可以让文学作品变得更为形象化。例如，每种颜色都具备自己的象征意义，如红色是热情的代表，蓝色是忧郁的展现，白色是和平、安静的代表。而在一些文学作品中也存在这一形式。如美国著名编剧、小说家菲茨杰拉德的代表作《了不起的盖茨比》，其中最大的特点就是将作品的结构与情境有效地结合到一起。对戴西的爱是盖茨比梦幻中的天堂，这种堂吉诃德式的幻想虽然是天真的，却让人可以真正地感动，他对于理想的坚持以及对其的奉献让人们钦佩。小说展现了生活中理想的意义。在盖茨比守护戴西害怕她受到伤害，想要为她遮风挡雨的时候，并不知道戴西已经背叛了他，并且默许丈夫将车祸的责任推到他身上。这就是黑暗社会的一种展现，富豪们的自私和贪婪是影响盖茨比梦想的最终因素。盖茨比的不幸，就是他在黑暗、腐烂、破灭中明白，在这个残忍的现实生活中，他的理想是那么无力，他的努力也一直停留在过去。因此,他的爱情和他的灵魂一起随同肉体死去了。这样的故事是感人的,也是人们熟悉的,在各个时期、各种文学作品中都可以找到类似的人物。

因此,英语语言是构建英美文学作品的基础组成部分,依据多样化的语言应用手段可以获取多样化的结果。提升对英美文学作品中英语语言的应用,对文学创作有一定的影响力,促使英美文学作品得到有效的发展,让作家创造出更多优质的作品。

第三节　英美文学作品中的模糊语言

随着时代的发展,世界逐渐连成一个整体,国与国之间的交流越来越多,距离越来越近。随着文化交流的深入,学习和研究外国文化的语言和文化的学者越来越多。学习外国的先进文化,了解不同于我们国家的文化,有助于开阔学生们的视野,更好地了解这个世界。本章主要讲述了对于英美文学的赏析,赏析英美国家的文化、文学和语言的魅力。对英美文学的赏析主要是在系统功能语言学的角度下进行。从系统功能语言学的角度来鉴赏英美文学的作品,通过具体的作品和语法句式来进行赏析,来讲述在系统功能语言学视角下对英美文学赏析的方式以及意义。

根据系统功能性语言的观点,有人认为,语言可以被看作一个系统的语义的网络,其主要是用来表达相关的概念,用于人与人之间的交往和用语言的谋篇的功能来表达深层次的含义。要实现语言的交际功能，不是单单通过简单的词语或者句子就可以实现的，而是需要在某一个特定的环境下，有一系列完整的语句来完成语言的交际的功能。我们从系统功能语言学的角度来赏析英美文学的作品，分析英美文学作品中优美的词句，分析作者通过语言来表达深层次的含义，分析文章中深刻的蕴意。用系统功能语言学的观点，深入地挖掘英美文学的内在深意，这是赏析英美文学作品的一个非常好的角度。

一、系统功能语言学系统的本质以及理论的简单概况

系统功能语言系统的理论中对于"系统"（system）这一概念的提出最开始是费尔斯。费尔斯认为语篇是一种纵聚合的关系（paradigmatic relations）和横组合关系（syntagmatic relations）的结合。语篇是这两种关系相互作用的结果，互相作用的结果称为"系统"，两者的关系称为结构（structure）。费尔斯的理论由哈立德深入发展成为系统化的语法。哈立德与费尔斯虽说共同发展了系统功能语言学，但是二者还是秉持有不同的观点：费尔斯的理论侧重于横组合的关系，哈立德则侧重于纵聚合关系。这二者之间不同的理论的侧重点，让语言系统有了多项的选择，因此，从本质上看语言系统具有或然性。语言系统的纵聚合的关系决定了本质，不同语法系统之间的差异性影响了人们在实际生活中的运用。举个例子，同样都是走路的意思，人们可以选择多用 stroll 而少用 walk，在表达意

第三章 当代英美文学语言艺术

思时，可以多用否定句而少用肯定句。但是实际上，用 walk 来表示走路意思较多，用肯定句的较多。因此，我们还可以认为语言系统还会受到其他的特性影响，丰富了语言系统的或然性，使得语言系统具有了条件性。用这样的理论来分析英美文学，从单词和句子本身的意义更好地理解作者的深层含义，这也是由于英语语言的特性组成的。英语不同于汉语用词来表示状态，英语使用不同的时态来表示事物的动态，要更好地分析英美文学，注重英语的句子很有必要。因此，用系统功能语言学来赏析英美文学，有了一个更好的角度体会英语的美。

二、在系统功能语言学理论的角度下赏析英美文学的过程

用系统功能语言学的理论来分析英美文学，并不是赏析英美文学的主要的目的。主要目的是运用系统功能语言学的理论来赏析英美文学作品，对于某一单词的使用，主要是怎么在英美文学中表达出来。为什么要选用这样的词语来表达这个情感？用这样的表达的方式具有怎么样的效果和作用？这些才是我们运行系统功能语言学理论的主要研究的对象。

要用系统功能语言学的理论来赏析英美文学的作品，第一步就是要思考作者是如何表达出文章的中心思想：为什么选择这样的方式来表达出文章的主旨。在进行这一步时，需要结合文章作品的解读和语法功能的分析，先要找到文章大体的结构，找出表达中心意思的段落，再从语法

的角度来分析中心意思的表达，这两者相结合能够更加清晰地读懂作者的意图和作者写文章的手法。要想明白一部英美文学作品的现实表达，是需要三项语义的功能的。这三项语义的功能构建了作品的系统的语境，更好地实现了作品的现实表达，这三项语义功能分别是概念功能、语言的人际功能和语篇的功能。概念功能主要指的是，语言有助于人们在生活活动和生产活动中的表达，概念功能又可以称为经验功能，在语言系统中主要指的是语言的及物体系。语言的人际功能，主要指的是用语言来表达出语言运用者的身份、地位、目的、状态等，这些内容的表达有助于维系语言使用者的社会关系。从语法的角度方向理解，主要就是语法体系中的语气动词和情态动词。语篇的功能主要指的是用语言来对整篇文章进行表达的功能，用语言来阐述整篇文章的内容。同样，从语法的角度看，语篇功能是主谓结构和衔接结构。

对英美文学的作品进行功能语言学的分析，最终的目的是通过功能语言学的理论来帮助学生更好地分析和理解英美文学作品中作者要表达的更深层次的含义和作者营造的文学的意境中的内在意蕴，这个也是用系统功能语言学的理论分析文学作品的第二步需要做的事情。每一篇英美文学的作品，都会描述出一个语境，作者真正想要表达的意思主要就是隐藏在这些语境中。但同时，文学作品也会受制于这样语境的表达方式。因此，用系统功能语言学的理论来分析文学的作品，非常有助于我们对文学作品深一层次的含义的理解，挖掘出作者真正要表达的意义。

在进行具体的作品的分析时,首先分析的应该是文中的小句子。从系统功能语言学的角度上看,小句是语法系统中的基本的单位,复杂句子的组成离不开小句,从小句来进行分析可以更好地体现语言系统中的三个功能。先从作品主要的概念入手,来分析以动词为中心的过程,了解这些过程以及伴随的动作来知晓作者是如何展开文章的。从分析作品的人际关系的角度看,每一个小句子都可以呈现文章中的人际关系的意义,都组成了句子构成的有机结构。从作品的整篇文章的脉络布局进行语法的分析,从主谓方面来解读和认识复杂句型中的小句,之后再以这些小句为基本点,着眼于整篇文章的分析。

三、以《仲夏夜之梦》为例进行系统功能语言学系统下的英美文学赏析

从系统功能语言学的角度来看,任何方式的选择都有其存在的实际意义。我们以英美文学中的经典《仲夏夜之梦》为例,对其进行系统功能的语言学结构分析,来更好地阐述具体的赏析过程。《仲夏夜之梦》,是以两对恋人在仲夏的夜晚出逃为故事背景展开的,主要讲述了这两对恋人为了对抗非常荒谬的法律条文,决定逃跑,在逃往森林中的过程中,意外地卷入了精灵们的纷争中,同时也是因为精灵们的加入,使得这两对恋人的恋爱对象混淆了,在一阵慌乱之中,最终恢复了和谐与理智。在这个故事中,也可以分为三个部分:开始逃亡,遇见精灵,恢复平静。

从系统功能语言学的理论来分析《仲夏夜之梦》，将系统功能语言学理论中的概念功能与人物形象功能结合起来进行分析。在前面我们就已经讲述了，语言在人类社会中充当有效的交流工具，是人类社会发展的产物，也反作用于社会，推动社会向前发展。对于概念功能的表达，就是多种表达功能之一。在系统功能语言学的理论下，概念功能主要指的是语言对于人们的客观世界和主观世界中的经历的表述，就是可以反映人们自己亲身经历和从间接方面知道的事情。而我们的客观世界与主观世界所发生的事都离不开地点、人物和时间。因此，从这里我们可以看出，用系统功能语言学的理论来赏析英美文学的作品是一个有力的工具，因为存在的作品中的人物是一定会处于特定的社会环境下，这样就会与周围的环境产生语言的交流，也会产生一定的心理活动。因此，人物形象的活动肯定是在某一特定环境中，这样人物的形象才会丰满。比如，恋人荷米雅和莱桑德，恋人德米崔斯和海莲娜，仙王欧伯龙，仙后黛安娜和妃比等是发生在雅典附近的森林里，是在一个仲夏夜的晚上，有着仲夏疯（midsummer madness）和月晕（moonstruck）的环境下，让这些人物丰满了起来。

用概念功能系统分析，其中之一就是及物性系统的分析，这也是我们在赏析文学作品时常用的方式。及物系统的作用就是根据参与者当时所处的环境来进行分析。在系统功能语言系统中，及物系统可以分为以下几个过程：行为过程、心理过程、物质过程、关系过程、存在过程和言语过程。在社会交际中，语言是主要进行人际交往的工具。因此，在英

第三章 当代英美文学语言艺术

美文学的作品中也体现了社会关系的存在，作者在进行语言的创作时也赋予了社会的意义。《仲夏夜之梦》有及物性的过程：心理的过程，这一过程指的是文章的主人公的言语、心理活动和思想观念变化的过程，也就是两对恋人荷米雅和莱桑德、德米崔斯和海莲娜在经历这一事件的言语和心理活动的过程。关系和存在过程指的是主人公进行活动的时候存在的历史背景和各种各样的社会关系——荷米雅深爱莱桑德，却要被父亲嫁给德米崔斯，德米崔斯却又爱着海莲娜。

同样社会关系还体现在当森林里的精灵们参与进来时，找错了对象，滴错了情水，让这两对恋人之间角色进行互换。乡巴佬和帕克对于仙后的力量不为所动，只想找到回家的路，进行觅食、挠痒和睡觉的活动这也体现了不同人的性格特点。

综上所述，用系统功能语言学的理论来赏析英美文学的作品，这为赏析英美文学作品提供了新的角度和方向，更有助于相关从业者和爱好者对作者真实意图的赏析，读懂作者的深层含义。从文本的意义和语法的小句来分析英美文学的意蕴、人物形象，提供了新视角的分析，突破了传统的角度的解读方式，让作品以一种新的形式出现在人们的眼前，呈现出更加新颖的意蕴。对于作品中语言和所处的社会关系进行分析，更有助于赏析作品中的行为、心理、语言的表达，对我们更好地赏析英美文学的作品和语言的表达具有重要的作用。用新的角度赏析，可以看出作者更深的功力，人物形象和内在含义更为丰富与独特。

第四节 英美文学语言的审美性和艺术性

英美文学作为当今世界文学领域的重要组成部分,对于引领世界文学发展潮流、创新文学形式等方面有重要的帮助作用。英美文学语言作为文学的重要组成部分,对其进行语言特色、语言艺术与审美、语言背景等方面的研究是十分必要的。本节将重点从英美文学语言艺术的源头进行研究,了解英美文学语言的特点及艺术性体现,并分析其独特的社会渊源,进而准确地把握英美文学语言的内涵,加深对英美文学的认识。

一、英美文学语言艺术的源头及发展情况

英美文学的产生及发展有着深刻的社会渊源,其漫长的历史可以追溯到《圣经》和古希腊罗马神话传说。综观英美文学,它们最早就是来源于古希伯来的基督文化和古希腊罗马神话传说的。《圣经》在阐述基本的教义之外,还广泛地渗透到文学作品中去,其中不仅有圣经故事的呈现,还有作者与圣经思想的融合,体现出较强的宗教性和文学性。而古希腊罗马神话传说作为西方文化的根基,融汇了文学、绘画等多种艺术形式,通过独特的语言表达技巧塑造了一个又一个传奇故事,这就为英美文学的发展提供了活灵活现的素材,为文学作品本身增添了较为丰富的内容,同时也加深了作品的思想性。可以说,它们就是

英美文学的源头，对于以后英美文学的发展有重要的促进意义和参考价值。

（一）圣经教义在英美文学中的体现

《圣经》不仅是宗教读物，同时还融合了各方面的内容，对于文化、历史、艺术、哲学等多方面都有涉及和体现。《圣经》从《约伯记》到《启示录》的完成，经历了 1600 年的时间，其中作者的数量达 40 人之多，这自然就加大了作品本身的丰富性。《圣经》是古希伯来各路文化的融合总汇，更是基督文化的精神支柱和文化结晶。在《圣经》完成之后，其中的内容被广泛地运用到文学作品中，加上它本身浓厚的宗教性，对于作家、诗人的思想和情感也有很大的影响。比如长诗《贝尔武夫》中提及了上帝，而且对妖怪格兰代尔的渊源也做了介绍，这都是直接取自《旧约全书·创世纪》；约翰·班扬的《天路历程》，从始至终都渗透着基督教义，就连布满灰尘的客厅都有其特有的象征意义；浪漫诗人拜伦的《希伯来歌曲》利用《圣经》中的故事来诉说着自己的情怀。《圣经》教义在文学作品中的渗透，加深了语言的思想性，增强了文学特色。

（二）古希腊、罗马文化的渗入

古希腊罗马文化是欧洲历史发展过程中一朵闪耀的奇葩，丰富的内容、鲜明的人物特征、离奇曲折的故事情节，让其本身具有更大的可读性。斯芬克斯之谜、俄狄浦斯弑父娶母、伊阿宋盗取金羊毛、潘多拉打开魔盒等故事已经家喻户晓，成为流传千古的神话故事，其中涉及宗教、哲学、思想、科学等诸多内容。这些完整的故事情节被广泛地运用到文学作品的创造中去，为英美文学的发展提供了有效的支撑。古希腊三大著名悲剧作家埃斯库罗斯、索福克勒斯、欧里庇得斯的作品中都有古希腊神话的影子。古希腊罗马神话注重刻画人物的形象、个性，同时，并追求人物的完美，这在文学作品中都有体现，也正是这个相通之处，才造就了英美文学作品的主旨：追求自然和谐之美，强调个人英雄主义、追求自我的乐观主义。从当代的英美文学作品来看，作品本身的魔幻性和神话特色，其实都是继承了古希腊罗马神话的精髓。

二、英美文学语言特点分析

（一）语言取向：语言凸显较强的社会性

研究英美文学语言的特点，可以从语言的取向上来进行把握和分析，可以看出语言背后较强的社会性。不管是语言的内容还是语言的风格，都与当时的社会背景有紧密的联系。就拿古希腊罗马文化来说，尽管这是被"神话"的传说，但是它也有广泛的社会根基，那就是崇尚个人英雄主义的社会心态的重要体现。此外，社会局势的安定与否，在很大程度上关系到文学作品语言基调的明朗性及情感表达的方式。总而言之，文学作为社会现实的产物，决定了语言的构建也具有很强的社会性。

（二）语言功能：强调艺术与实用并重

从英美文学的语言功能上来说，其强调艺术性与实用性相统一的原则，这是所有作品语言的共同体现。从个人心理来说，英美人们强调个人主义、完美主义，特别是在文学创作中更加强调个人情感和思想的表达，因此在语言的构造上更加注意个人风格的塑造以及语言技巧的使用，这体现为很强的艺术性；从社会心理角度来讲，英美文学作品都是对于社会现实的反映，具有较强的社会指向性，加上个人英雄主义情感的作用，作者更加关注社会现实，因此在语言的构造和使用上注重实用性和交际性。正是艺术性和实用性的共同体现，才使得英美文学语言更加具有魅力，打破了纯粹的语言形式，具有多方面的指向性——文学性、思想性、艺术性等，实现了语言本身的突破，这势必会进一步促进英美文学作品的发展和传承。

（三）语言美感：陌生化语言

陌生化的语言是英美文学表达中的重要体现，它打破了传统语言表达的固化，用一种新的构词方式和表达顺序来对语言本身进行整合，让语言表达更加具有效果。可以拿《尤利西斯》作品中的一段话来展开分析：

Moans round with many voices.Come, my friends.

It is not too late to seek a newer world.

Push off, and sitting well in order smite.

The sounding furrows; for my purpose holds.

To sail beyond the sunset, and the baths.

这段话翻译成中文为:"我的理想支撑着我,乘一叶小舟,迎着落日的余晖,沐浴着西方的星辰,前进,直至我生命终结。"这句话就是语言陌生化的重要体现,通过使用陌生化的语言打破了传统表述方式的陈旧性,让语言画面感凸显,情感更加具有可感性,同时增加了语言的跳跃性,让作品本身充满活力。这种语言表达方式是传统语言表达的创新,推进了英美文学语言的进一步发展。

三、英美文学语言艺术特色及审美性分析

(一)源于现实而又高于现实

英美文学在语言的使用上,是源于现实而又高于现实的,这几乎在所有的文学艺术作品中都有体现,对于英美文学来说也不例外。例如,《傲慢与偏见》中借助于婚姻问题的讲述,以"法规与原则""人情与爱"等问题为基础,深刻揭示了18世纪末到19世纪初处于保守和闭塞状态下的英国乡镇生活和世态人情,从中可以看出,英美文学在创作的时候,具有较强的现实性,必须以现实作为依托,同时,作为一种艺术形式,通过合理的语言夸张和语言技巧的使用,让作品达到高于现实的效果,对于主题的表达有很强的促进作用。

（二）戏剧性独白，拉大想象空间

在文学作品中加入戏剧性独白也是英美文学的重要体现，极大地拓展了作品的想象空间。戏剧性独白最早出现于1857年，诗人索恩伯里在著作《骑士与圆颅党人之歌》中的部分诗歌被称作"戏剧性独白"。例如在罗伯特·彭斯的著作《威力神父的祷告》中，不光能听到主人公的声音，还可以隐约听到作者对主人公的评价，虽然评价不具备权威性，但给作品留下了想象空间。这种独特的语言表达形式，能够使人站在客观的角度上来审视作品，从而引人遐想，给人足够的空间来感悟作品。这种表述方式对于以后中国文学也产生了较大的影响，开创了文学的新形式，对于文学艺术的推进和发展有着至关重要的作用。

（三）引经据典，实现作品内涵的传承性

透视英美文学作品，不难发现作品的另一个特点，那就是引经据典，通过借用传统神话、小说中的意象，来阐明道理和意义，增加了作品的内容不仅能够丰富其内涵，同时也让作品本身更加具有传承性。比如，希腊英雄阿基里斯的"chile's heels"，表示"要害部位、致命的弱点"的意思，这一俗语在以后的很多文学作品中都有显现。这样一来，在解析文学作品的时候，往往能够根据特定的内容来了解其背后更多的历史故事，这不仅是对作品内容的丰富，同时也丰富了作品的思想内涵，实现了文学作品内涵的传承。

（四）陌生化的语言造就美感

陌生化的语言是英美文学语言的重要特色，语言的陌生化是语言的创新，对于语言的发展和进步都有重要的促进作用。同时，从美学的角度出发，语言的陌生化通过措辞、语气方式、语言结构的改变，带给人较强的可感性，增强了画面感，彰显了语言的魅力，让读者能够沉浸到具体的文学情境中去，这对于实现语言的建构和传承有着重要的促进意义。特别是在文学后现代化发展过程中，语言的陌生化与碎片化的表述方式有相通之处，这在很大程度上革新了语言表达形式，让语言与美学有机地结合在一起，提升了语言的表现力，对于文学语言的进一步发展有重要的启示意义。

（五）理性思维下的哲学精神

英文国家的文学作品传达给读者的不仅是情感，同时还有高度理性的哲学精神，这不仅与作者的思想深度有关系，同时也与社会现实达成了普遍的一致性。以贝娄的作品《更多的人死于心碎》为例来说明：这篇小说中"对话"的哲学思想以及人物转换关系，成为贯穿全文的重要思想基础，肯尼斯与舅舅之间的"我""你"关系、本诺与妻子的"我""他"关系等，不同的人称表述方式其实都是理性精神的作用，这在无形中表明了作者的情感立场，揭示了情感的亲近和疏远，这是对工业社会被异化了的人的正面描写，具有很强的现实指控性，体现了文章背后的理性精神，显示出高度的哲学性。

四、英美文学语言审美性及艺术性的社会渊源

英美文学语言在审美性和艺术性上之所以能够表现出以上的特点，与特有的文化意识形态有着不可分割的关系。语言表述方式是社会文化意识形态的必然产物。首先在英美文化体系中，强调自我的个人主义、英雄主义情感表达，这在很大程度上让文学作品更加具有独特性，这就实现了语言本身的灵活性，让语言本身更加有感染力，提升了表达效果。其次，崇尚自由与开放的社会现实在很大程度上为语言的表述奠定了感情基调，让语言不仅作为艺术的表达工具，同时还更加有现实指向性，拓宽了语言本身的维度，丰富了语言本身的意义。

总而言之，英美文学作品的语言是作品得以传承和发展的重要因素，是提升文学作品内涵的重要组成部分，对于其他国家的文学表达也有着极为重要的借鉴意义，同时也是研究英美文学作品不可忽视的重要层面和唯一突破口。

在漫长的历史发展过程中，英美文学无论是从风格、内容、语言等方面都独树一帜，展现出独特的魅力和艺术性。英美文学的语言特色与特定的社会文化背景、民众心理等有着紧密的联系，它强调艺术性和实用性的相互统一，此外还善于进行创新，使文学作品语言展现出陌生化特色。总的来说，英美文学语言不仅是一种语言形式，同时还是独特思维的展现，加上各种语言技巧的使用，强化语言本身的距离美。研究英美文学语言，

对于研究语言的艺术性和审美性、准确把握语言的构成及发展等诸多方面都有着重要的意义。

第五节 语言学意象化的英美文学范式

语言学意象化是文学研究过程之中全新的一种方式，是文学研究过程之中不可缺少的重要组成部分。英美文学的意象化范式是研究世界文学的有效方式。

文学方面的研究是语言学意象化和范式的提升，由于英美文学有着文化背景复杂的特点，语言学意象化为英美文学的研究提供了很好的参考意义。语言学意象化文学范式是研究英美文学的重要方法，同时也为英美文学发展的新方向。本节从英美文学意象化范式的构建进行研究，对其中的解构和升华进行全面分析。

一、英美文学意象化范式的构建

（一）英美文学意象化范式的必然性

说到英美文学，一些英美文学的阅读者就会在自己脑海中出现有关英美文学著作中的人物和场景，不会是一些比较抽象的语言符号，这些英美文学著作中的人物在阅读者的印象中有着不可磨灭的记忆。不管是语言学中的语义、语言以及语境，还是语言学范式和他的格式的转变，这些是语言学意象化的必然结果。在库恩范式理论中,英美文学中的意象好比是语言,是自然中必然发展的结果。即使是象征性的语言也需要意象的支持。事实上,更具象征性的语言需要更强大的图像支持,这就要求在语言的意象的协助下,形成符号语言的强大内部驱动力。所以,英美文学的意象化范式是对文学进行了发展和继承。

(二)英美文学意象化范式的出现

文学是从人类意象中发展来的。文学是人类科学。这需要在意象角度建立有效的基础。只有在第一次阅读文本时,才会通过文本引导文学作品来探索意象。

(三)英美文学意象化范式的完成

英美文学的范式化起源于库恩范式理论,随后在英美工业化时代之中采用物质进行支撑,还有后现代主义的精神进行支持,最终出现了英美文学意象化范式的双重准备,从而建立了二元化基础。

最早在20世纪中期,美国学者马克·波斯特在自己的作品《第二媒介时代》中,首先将英美文学意象范式的意象化符号进行提出,可以发现意象化符号高于语言学自身和语言学符号,这是文本意象上的最高境界,这是根据马克思主义的文艺研究范式进行发展的,还超越了马克思主义文艺范式。在英美文学意象化范式中抽象的语言学中建立一种专业的意识形态,从而让英美文学能够很好地发展,在后现代主义之中增加了一些后现代主义元素之后，建立了一种崭新的主体式意象化范式。

二、英美文学意象化范式的解构

（一）英美文学意象化范式的误解和错位

英美文学范式在发展过程中经历了好几个过程，其中发生了转变、整合以及发展等几个过程，最终出现了语言学意象化上的完成，有着很强的文本意象化，逐渐转变为文学，并以强势的形式出现。人们在阅读一些富有内涵的文章时，会被文章中主人公的遭遇以及情绪所影响，这就是语言学意义上的错位。通过文章的整体阅读之后，读者进行反复思考，就会发现主人公的情绪和遭遇是在表达对生活以及社会的向往，从而和当时的社会背景有着很大的不同。英美文学意象化范式中出现的错位就会让文学作品在时间艺术上出现空间的限制，让读者在阅读之后出现一种思维上的错觉。文学作品的意象化范式还有可能误解的地方，主要是语言的缘故，这就是英美文学意象化范式中的误解和错位。

（二）英美文学意象化范式的同分和异构

英美文学的语言学意象化和中国文学的语言学意象化有着很大的差异，在这些语言学意象化中出现了同分和异构的情况。同分、异构体起源于物理，是物理中的名词，出现在英美文化语言学意象化中，是因为其和英文中的同分、异构有着很大的相同之处。在英美文学作品中,采用异构的形式将主人公的思想感情表达出来,这就是文学意象化的表现手法。有些英美文学作品表达的主人公的形象和现实生活中的形象相同,这就是英美文学意象化范式的同分。在英美文学作品中,我们会发现很多文学作品在表达人物的时候往往会出现同分和异构的情况,这个时候就需要我们仔细思考文学意象化范式的基本结构,从而将其中的同分和异构进行有效的区分,达到文学意象化范式的整体要求。

(三)英美文学意象化范式的传播和发展

英美文学的意象化将语言学角度中的现象进行表达,这就有可能将文学作品中所要表达的现象进行错位和误解。英美文学是以语言学意象化范式作为基础的,这样可以进行同分,还能进行异构,这样可以对文学的意象化进行很好的分析,从而将英美文学意象化范式进行很好的传播和发展。英美文学意象化范式将文学中的语境进行了强化,从而出现了强烈的文学语境。英美文学和其他国家的文学有着地区上的差异性。文学研究的角度比较广泛,语言学上的意象化只是文学中的一小部分,只有将英美文学意象化范式进行有效的传播和发展,才能将语言学意象化范式进行有效的展示。在英美的一些文学作品中,当主人公面临困境的时候依旧不放弃对生活的美好热爱,在困境之中依旧乐观,这就是英美文学意象化范式的传播和发展。

三、英美文学意象化范式的升变

(一) 英美文学意象化范式的全景和梳理

英美文学和我国传统文学之间有着很大的区别和差异,这些区别和差异不但是文字方面,还有文化方面。这就表明,文字需要有一定的开放性,还要具有一定的范式形象,将表达的事物具有意象化,英美文化之中将海洋中的事物转化到作品之中,这样将英美文化中特有的征服感进行充分的表达,还能将英美文学具有驾驭性的特征进行展示。

(二) 英美文学意象化范式的语势和逻辑

英美文学的意象化范式大多数是将民族根源作为代表的,其象征语言中的"象征"特征也成为图像驱动的共同基因,其中英美文学有着强烈的语言形式趋势和逻辑。从汉语的使用可以看出,汉语中的动词引导句并不常用,但在英美文学中,动词主导的句子比比皆是,尤其是在谓语前加的助动词或前助动词。这是一种将意象引入英美文学的动态态度。这种语言形式显然比其他象形语言强得多。与此同时,英美文学意象化有着很好的表现能力,它强有力的语言表达实际上是英美国家的世界观和方法论的外化,起源于英美文化。英美文学的意象化范式在表现上有着很强的逻辑性,使得语言文学有着很大的严谨性,这种严谨性可以让文学具有很大程度的理性,还能给文学带来一定的意象,比如反身代词和意象重复等。

(三) 英美文学意象化范式的提升和统一

英美文学意象化翻译有着全景和梳理的特点，这是英美文学意象化范式的发展。英美文学意象化最早出现表现为民族根性，这样的符号语言能够对意象化符号进行引导。英美文学意象化范式将文学上所描绘的语境进行有效的提升，从而出现了比较强势的文学语言。与此同时，英美文学在文化上有着很大的差异。很多国家和地区的文化存在着差别，英美文学和其他地区国家的文化有着很大的差别。我们可以从其中发现，文学研究有着范围广阔的特点，语言学意象化范式只是文学研究的冰山一角，只有在英美文学影响和作用之下，将现阶段的意象化范式进行有效的提升，从而提升到文学领域。这是英美文学进步的表现。英美文学有着一定的优点，能够将意象转化为意境，将意境转化为语势，语势又能够成为一个领域，在这个领域之中形成范式。英美文学中包含着语言文学中的意象化，由于自身的符号比较平淡，没有特别的地方，但是文学意象化却能够让文学具有一定的优势，这就是英美文学意象化范式的提升和统一。

英美文学是语言学意象化范式的基础，已经超越了马克思主义文学理论范式，是后现代文学中的一种新型产物，是后现代文学结合的主要表现。英美文学的主体式的自我研究和完善，将抽象的符号化文章向意象化方向完善。英美文学中的语言符号经过长时间的发展，已经逐渐发展成为意象化符号，这是英美文学意象化发展的必然方向。在英美文学发展过程之中，要对语境和地域进行充分的考虑，这些都是意象化范式前进不可缺少的组成部分。

第四章 英美文学的精神价值与意义

第一节 英美文学的人文主义精神

在英语中,"人文精神"一词是 humanism,也可以译为"人文主义"或者"人本主义"。这种思想体系形成于欧洲文艺复兴时期,是文艺复兴运动的精髓。人文精神广义地讲就是人类的自我关怀,它主要表现在对价值、尊严、命运的期盼以及对生活的追求方面,它是人类在生存过程中遗留下来对精神文化的高度珍视,更是对发展和实现理想人格的一种肯定和创新的概括。翻阅英美文学,我们就会发现它所关注和推广的正是这种人类价值和精神。从文化角度来讲,西方人文主义的源头在古希腊、古罗马。人在宇宙中的位置,人与人、人与物的关系,人的本质等本体论的思考,促成了当时哲学学派的繁荣,也催生了古希腊的民主政治。现代人文主义精神历经了基督文明、文艺复兴、世俗传统和启蒙思想的洗礼,成为现代民主思想、科学精神、人权保护,甚至环保主义的理论和思想源泉。人文精神的根本出发点是对整个人类命运的关注与理性态度,引导人认真思考生命的价值、探索生存的意义。因此,它能以形而上的特征直指人的生存本质，直探人的精神和心灵世界，具有塑造人的精神世界的重要功用。人文主义的核心价值观包括个体内在价值和尊严、个体自我实现的能力和途径，以及人的自由、平等、造福社会等观念。现代社会正处在一个急剧变化的时代，物质文明发展的速度之快让人们很难从精神、从道德上做出及时恰当的回应，进而造成了价值观的迷失或混乱。在物质与精神失衡的年代，对人的精神世界的关注显得尤为重要和紧迫。阿伦布洛克指出："人文主义的中心主题是人的潜在能力和创造能力。但是这种能力，包括塑造自己的能力，是潜伏的，需要唤醒，需要让他们表现出来，加以发展，而要达到这个目的的手段就是教育。"大学作为连结国民教育与社会发展的一个重要场所，更应在这一方面积极探索。

一个高素质的大学毕业生不仅应具备良好的专业素养，更应具备较高的人文素养，人文精神，才能真正积极地面对社会发展和竞争。因此，我们培养出来的英语专业的学生不应成为信息传递的工具，而应成为接受了西方人文精神洗礼的具有主体精神和自主学习、自我发展能力的文化传播的使者。

英美文学教学的最主要目的在于培养学生成为一个具备良好语言技能及开阔文化视野的合格人才，英美文学教学本质上是人文主义学科的教育，关注个体的价值与精神。英美文学教育一方面突出对学生语言技能的培训，更重要的是突出对个体作为人的培养，以让人的精神内化到品格塑造过程中。英美文学课程受文学作品自身天然的直观与感性特点的影响，而成为传承人类人文精神的重要载体。

一、英美文学史上人文精神内涵

人文精神所指的就是"对人的价值追求"，英美文学史提倡科学性与人文精神的相容性，关怀的本质就是为了实现具体人类的所有价值。人文指的是"区别于自然现象的规律"，它的中心就是要把信仰、价值取向、理想、人文模式贯穿于人们的言行与思维中。审美情趣认为人文精神是一个人、一个民族更是一种文化活动的体现。人文精神就是将人的文化世界和文化生命贯穿于理想追求和价值取向之中，它强调人的文化世界的开拓和人的文化生命的弘扬，促进人的完善、发展和进步。人文精神是人类通过不断地探索逐步完善和拓展自己，从而进一步地提升自己，将自己不断地从"自在的"形态逐渐过渡到"自为"形态。

人文精神更是一种相对关注生活真谛以及人类命运的理性认识，它主要包含对人的个性以及主体精神的渴望。国内有些学者把人文性的内涵划分为三个不同层次：其一是对人类的尊严和幸福的追求，也就是广义上所说的人道主义精神即人性。其二是人类对生存真理的所有追求，也就是广义上所说的科学精神即理性。其三就是人类对其生活意义上的所有追求。通俗地讲，就是要有关心他人的心即超越性。这里需要标注的超越性主要是要尊重他人的价值，同时还要关心他人的精神上的生活；

尤其是要尊重他人，将其当作精神所存在的价值体现。在中国文化不断沉积的 3000 多年里，中国的传统文化主要是偏重实际与伦理。它是把人类对其交际关系的研究和注意放在了第一位，从而忽视和隐含了对人类内在的心灵透视。西方文化比较重视宗教和哲学，他们是把人类对人类本性和美好社会的探究列在了第一位。西方传统意义上的文学，都受到了希伯来救世主义、古罗马征服态度以及古希腊理性主义的影响，更重视自我张扬个性的发展。

人文主义精神的主要出发点表现在对人类命运的关注与态度，引导人们对生命的价值与意义进行深入思考。人文主义精神以形而上学的基本特征来展现人类的生存本质，真切地揭示人类精神世界，以塑造良好的精神世界。人文主义的基本核心价值观念主要包括个体内在的价值、个体自我实现的途径与个体尊严、个体自由与平等等观念。尤其是现阶段，社会正处在一个快速发展的阶段，物质文明的极大进步很大程度上推动了精神文明的发展，但多元文化的冲击又导致物质与精神的失衡，对人类精神世界的发展造成了一定的影响。一名高素质的学生需要具备良好的专业素养与人文素养，以利于自己积极地面对社会发展，因此英语专业英美文学教育应该成为传递人文主义精神的重要途径。

二、英美文学史上人文精神的体现与发展

艺术作为一种独特的精神现象、人类智慧之花、人文精神的载体，是

人类所特有的，是为人而存在的，是人类有史以来不可分割的有机组成部分，它在人类的世世代代繁衍传承中一直占据着优先的地位。可以说，一部浩瀚而没有穷尽的艺术史，就是一部人类不断地"认识你自己"的心灵历程的形象化的历史。正如英国著名美学家科林伍德指出："没有艺术的历史，只有人的历史。"

（一）英国近现代文学史上的人文精神

读英国文学，不可不读的是莎士比亚，他是一位人文主义作家，他的作品赞扬人的美德，歌颂爱情、友谊和忠诚，鞭挞昏聩的君主和奸邪的小人。莎剧里有一句话"世界是一个大舞台"，表明了莎士比亚写剧本的首要目的是反映人生。深入人物的内心世界，是莎士比亚的独特的艺术禀赋，这份热爱人生、拥抱人生、和众生融为一体的亲和力，体现了剧作家装下万家灯火的一种宽广胸怀——也许可以称之为"莎士比亚精神"。18世纪末、19世纪初的英国文学是浪漫主义诗歌兴盛的时期，出现了许多杰出的诗人，威廉·华兹华斯就是其中一位。

（二）美国文学史上的人文精神

美国文学中人文精神的形成和基本特点主要是争取和歌颂个性的自由和精神解放。我们以美国的民族诗人华尔特·惠特曼为例来说，他写出了美国人民的心声，所以被称为美国现代文学与现代诗的开山鼻祖。他的主要作品《草叶集》，就表现出自我创造、民主的生活气息的特点。

他的写作风格有着相当丰富的多样性。作品大多是赞美普通人的生活情感和价值观，这种情感比较直率、大胆甚至有些粗鲁。他的作品大量都是讴歌民主主义理想的，其主要特点就是高亢有力，充满热情，令人难以忘怀。其写作艺术特点大胆打破了传统诗歌格律，创造了后来被称为自由体诗的新形式。又如赫尔曼·梅尔维尔，19世纪美国最富有特色的小说家之一，他是一位描写历险的一流小说家，也是一位思想深邃勇于探索的伟大艺术家。

总的来说，西方的文化的发祥不同于中国，比如罗马、雅典，都处于地中海沿岸，其生活和生存空间有限。为了寻找到更大的发展空间和机遇，人们充分地利用海洋为载体，频繁地流动与交往，所以导致了发达商贸行业，深受希伯来超越意识、古罗马征服态度以及古希腊理性主义影响，他们所崇拜的是上帝，在他们眼中人和大自然都属于上帝所创造的；他们所强调的是自然与人的对立性。他们把自然看作人所征服和驾驭的对象，所标榜的是人类为中心主义。他们这种与自然的关系的对立和疏离等从诗歌里显现出来，就形成了与中国诗歌截然相反的魅力和情趣。西方的文学作品中的自然观都是立于人与物而分离开来的自然，或者就是被神化之后的自然。

三、英美文学的基本功能与特征

文化是国家与民族综合素养的重要体现，英文文学在世界文化体系中

第四章 英美文学的精神价值与意义

占据着关键地位,英美文学作品通常能够更为深刻地刻画人类社会的发展历程,具有重要价值与现实意义。文学能够通过各种语言表达进行实现,文学价值与现实意义的表现路径和文化特性密切相关,因而,深入研究文学作品是理解文学特征与文化特性的主要途径。作品深入地研究英美文学的价值与现实意义,可以挖掘出更多的西方文化特征与精神价值,进而产生不同的文化体验,推动东西方文化的互动与交流。

不管是中国传统文学还是英美文学,都是文学的重要分支,而文学最为基本的功能与特征,就是能够反映出不同历史阶段的文化与现实状态。不过,针对文学的重要功能与作用,也有一些人提出异议,其中最具代表性的就是存在主义学者萨特曾提到过的问题,即对于处于饥寒交迫困境中的人们来讲,文学有什么实用价值呢?文学既不能帮助人们抵御严寒与敌人,也不能让人们填饱肚子。伟大学者柏拉图所著的《理想国》,文中就将人们划分成三六九等,其中诗人则位居第六等,由此可见诗人在柏拉图心中的地位也不高。但是,社会是极其复杂的,尽管文学无法解决人们基本的温饱问题,但自古至今谁都无法忽视人们对文学的喜爱、追求与痴迷。在人类社会的现实生活中,诸多从事与文学不相关的事业的人也如同鲁迅一样放弃自己原来的事业选择文学道路,即越来越多的人开始大胆尝试自己真正喜欢的事情。

按照马斯洛提出的五等级需求论可知:人类在生理方面的需求,是人类生存发展过程中的基本需求;人类在安全方面的需求,即人类的感受器官、智能器官以及效应器官等都是人类寻求安全的工具;人类在归属感与情感方面的需求,是人类渴望相互理解与照顾的需求;人类在尊重方面的需求,是人类展现个人价值与社会价值的需求。每一个想要实现自己人生理想与抱负的人,都必须做好自己所承担的事情与任务,并使自己从中感受到价值、快乐与幸福。文学作为人类社会日常生活中的阅读活动之一,其主要建立在人类的生理、归属与安全感的需求上,因而人们对文学作品的阅读是以自己的实际需求为基础的。在这一前提下,人们通过阅读有关文学作品,可以明显体会到自己的情感与归属感,尤其是经过一定数量的阅读积累后,所获得的知识与信息,还能进一步帮助人们获得尊重需求。所以,英美文学在人类社会的生存、发展过程中扮演着重要的角色,具有不可替代的价值与意义。

四、英美文学的现实意义

(一) 有助于了解与认知西方文化

现实生活是文学的主要来源,从某种程度上讲甚至高于生活,每一部优秀的作品都渗透着作者的人生经历以及对现实社会的情感态度。对英美文学来讲,其作为西方社会的主要构成部分,描述的主要对象是西方经济社会制度下广大人民群众的真实生活状态。所以,阅读英美文学作品有助于读者了解与认知西方文化。

（二）有助于净化心灵与完善自我

学习与研究英美文学，能够帮助人们净化心灵并完善自我。文学创作者通过作品可以将部分社会现象或者情感进行展现，塑造个性鲜明的角色形象，且通常这些角色形象都具有强烈的感染力与号召力，能够给人正面鼓励，帮助人们确立正确的思想观念。尤其是在阅读英美文学作品过程中，人们往往能够迅速进入故事情节中的情境与氛围，亲身感受英美文学中人物的内心活动与思想，并潜移默化地受到影响，进而不断完善自身的品质与人格。

（三）有助于激发英文学习兴趣与动力

英美文学作品的大量阅读，一方面能够让读者体会到东西方文化之间的差异性，即英美文学作品中蕴含的民主与开放的西方文化，与东方文化的含蓄与内敛形成鲜明对比；另一方面也能使读者积累丰富的英语词汇。英美文学作品中包含有丰富的本土英语与口语英语，可以有效提升读者对英语的感悟能力，进而体会到学习英语的乐趣，最大限度地调动读者学习英文的动力。

（四）有助于增强读者的理性思维

英美文学所具有的理性主义价值，使得其作品创作带有鲜明的理性思维模式，无论是故事情节的发展还是人物形象的塑造等，都透露着理性光辉。因此，通过阅读英美文学作品，可以有效地引导读者对事物进行理性思考，进而不断强化自身的理性思维。

总而言之，伴随着社会经济的迅速发展，人类社会所受文学的影响正在逐步弱化，人类精神文明急需进一步提升。英美文学作为世界文学的主要构成部分，属于强包容性、文化多元性的文学艺术形式，在文学领域具有很高的价值。英美文学无论是在精神价值方面，还是在现实意义方面都有着突出贡献。所以，深入探究英美文学有助于我们不断提升人文素养，以及树立正确的世界观、人生观与价值观。

第二节　英美文学的理性主义价值

著名作家索尔·贝娄是英美文学理性主义的代表，他的作品深刻描述了拜金主义的成因，对当时的社会有理性的认知，充满了对人类社会的理性思考，描述的是消费主义和拜金现象的社会根源、所表现的消费社会背景下人们身上所体现出的物质追求和精神追求之间的矛盾以及由此导致的精神危机。在他作品的文化背景中，人们在追求物质生活和精神生活之间产生了强烈矛盾。索尔·贝娄完全揭露了工业时期人们所面临的困境，对后工业社会人类生存困境的揭示首先表现为人的"物化"。其最具代表性的作品《更多的人死于心碎》，就将工业后期人们的消费情况完全展现出来。当时的社会将消费作为重心，在这种物质生活状态的影响下，享乐主义和消费主义盛行，作品将对这两种"主义"的讽刺上升到文化

第四章 英美文学的精神价值与意义

层次,期盼通过文学作品的精神价值,引导人们正确处理物质与精神的关系,生动地展现了一幅后工业社会的消费图景,表现了"以消费为灵魂"的后工业社会人们的生活,以及那些异化了的"单向度的人",对享乐主义和消费道德观进行了鞭挞,并将消费主义的批判提升到了文化的维度和人文关怀的高度。如《赫索格》深刻地表现了后工业社会人的异化"物化"感,表现了人与自我、人与人、人与社会、人与自然等种种异化"物化"关系。在他的笔下,工业化和城市化的进程让人与自然的关系变成了一种消费关系,让人与人的关系失去了亲情与爱情。贝娄的作品《赫索格》,深刻地揭露了工业社会后期的物质化现象,同时也表现出对人与社会、人与人之间的物质化关系的深深厌恶——可以说这部作品是对这种不再和谐的关系的一种悲悼。

《赫索格》还描述了在快速工业化进程中,人与社会、人与人之间的关系演变过程,人和人之间除物质关系外,不再有亲情和爱情,不再有精神领域的沟通;人们热衷于追求物质,甚至引发了种种悲剧,这不是个人因素的影响,而是当时社会和经济背景所决定的。在《赫索格》中,体现出对传统而和谐的社会关系的深刻怀念。在当时的社会背景下,GDP被视为先进生产力的代表,也是衡量社会是否进步的唯一标尺,金钱自然也成为影响社会关系的核心因素,所有人都为追求功利而活;社会舆论大肆宣传明星的成功,群众则成为落后和愚昧的代表,这种扭曲的价值观也成为当时社会的缩影。索尔·贝娄认为,社会和经济的进步为群众带来的未必是幸福和快乐，他对于现代社会精神文明的弱化现象进行了深刻批判，同时，也对工业产业的进步与人文精神演化之间的逐渐淡化进行了反思。在索尔·贝娄的作品中体现了很多值得人类深入思考的哲学问题，向读者描述了工业社会后期社会的悲凉现象。但即使如此，他仍然保持积极向上的心态。可以看出，索尔·贝娄的作品中大多充满着丰富的乌托邦情感，在物质至上的社会时期，他对人文精神的追求，展现了人类勇于追求精神乐园的态度和勇气，也充分体现了文学大师的人道主义情怀。

索尔·贝娄的作品深入探析了人们在追求精神需求与物质需求方面的矛盾心理，以及在此基础上埋下的精神隐患。比如，他创作的《更多的人死于心碎》，这部作品中的词语"心碎"是当代人们心理世界与精神世界的真实写照，即对在崩溃边缘徘徊的现代人来讲，其内心的折磨要远远大于肉体上的折磨。索尔·贝娄通过对美国工业社会后期的现实状况描写，有力抨击了"以消费为核心"的消费主义。还有索尔·贝娄创作的《赫索格》向世人揭示了物质化的美国工业社会，人们在疯狂追逐名与利的过程中，所导致的人类关系的恶化与异化。因此，总览英美文学作品可以发现，不少优秀作品都是对人类道德观、社会发展等关键问题的深刻揭露与反思，具有重要的理性主义价值。

几部小说都表现了贝娄对人类一些永恒的哲学命题的思考，表达了他对人类的前途、命运、道德、精神状态和人生终极意义等重大问题的关注,比如自我认同、道德与真理、个体与群体等问题。贝娄对这些形而上问题的哲学思考是他对后工业社会消费主义和物质主义做出的回应和反驳,也是他对后工业社会的"无深度""中心消解"和"情感消逝"现象的一种拯救。他深刻地揭示了一个后工业的"荒原"社会,然而,面对满目疮痍的后工业文明,他始终保持着乐观、积极的态度,具有一种"情感信念",小说渗透着一种乌托邦情怀,表现了一种文学理想主义。在一个消费至上、娱乐至死、道德滑坡的时代,贝娄对精神的关注、对精神家园的追寻和敢于直面人类灵魂的精神,以及他开出的救赎方案,无不显示了一代文学大师的人道主义关怀。

第三节 英美文学欣赏的意义

一、文学欣赏是实现文学审美价值的关键

文学活动是一个完整的流程:从创作到作品(或称文本)到欣赏并反转来作用于创作。文学欣赏在文学流程中处于一个什么样的地位呢?西方接受美学把文学接受(包括文学欣赏)摆在十分重要的地位,认为未经读者接受的作品只能称为文本(或称本文),只有经过读者接受,才能成为文学作品。他们把文本与文学作品严格区别开来。最初提出这个观点的是捷克的结构主义者。穆卡洛夫斯基认为文本仅仅是作家手稿印

成书后的"制成品",它本身并不是美学对象,而是一种具有潜在意义的文学实体,这种制成品也称为"第一文本",它的意义是不变的,第一文本经过读者的阅读后产生了充实意义的实体,成为美学对象,这才成为"文学作品",也称"复制品"成"第二文本";既然同一文本有众多的读者,也就会有不同的美学对象;"第一文本"的意义是不变的,"第二文本"即"美学对象",它的意义随历史而发生变化;认为"美学实体"只是某一群接受者主观解释的共同点,接受美学继承并发展了这种观点。他们认为,"制成品"是意义具体的符号,"美学对象"就是"制成品"在读者集体意识中的相关意义。制成品在结构不变的情况下,虽然是读者获得意义的源泉,是作品经过接受而具体化的出发点,然而作品从整体上来说不仅归结为制成品,因而它是以美学标准不稳定的体系为背景而具体化的。他们还认为,文学接受(包括文学欣赏)是实现作品的美学价值的环节,也是创造美学价值的环节,而且是有决定意义的环节,在文学接受中,起决定作用的不是作品(文本),而是读者。他们把文学史看成读者的接受史。他们所说的"接受美学"虽然包括了文学欣赏,但不只是一种文学欣赏论,而是一种以现象学、阐释学为理论基础的文学理论,特别是一种关于文学史的理论。

这里不可能全面评价这种理论,只是从文学欣赏的角度略述这种理论的合理因素和不足。它有什么合理因素呢?它把文学接受(包括欣赏)看作是实现以至创造审美价值的一个环节,是包含着合理因素的。马克思在《政治经济学批判·导言》中，在论述生产与消费的关系时，一方面认为"没有生产，消费就没有对象"，另一方面认为"产品在消费中才得到最后完成"。他举例说，一条铁路如果没有通车，不被磨损、不被消费，它只是可能性的铁路，不是现实的铁路。从这个观点来考察文学创作和文学欣赏的关系，根据"产品在消费中才得到最后完成"，文学作品的审美价值只有通过接受、欣赏，才得以实现。作品在未被读者接受之前，它的价值还只是潜在的，通过接受，它的潜在的审美价值才变为现实的审美价值。同时，文学欣赏还不同于一般的消费。一般的物质产品的消费，就是把产品消灭掉、吃掉、用掉，消费本身并不包含为该产品创造新的价值。而文学欣赏这种消费则不同，欣赏本身就包含着审美价值的创造。就文学欣赏的角度来说，接受美学的错误在于：他们认为，文学作品的意义、审美价值不是作者所创造的作品即文本决定的，而是由读者决定的。这就贬低了作品的意义，夸大了读者在创造审美价值中的作用。实际上，审美价值主要是作者在作品中创造的，读者在阅读中，也参与创造，但作用是第二位的。如果作品的审美价值主要不是作者创造的，而是读者创造的，那么为什么同一个读者阅读《红楼梦》能获得审美享受，而阅读《红楼梦》的续作，则得不到同样的审美享受呢？

二、文学欣赏对文学创作的作用

文学欣赏在文学流程中的地位，还表现在它对文学创作的作用上。文学欣赏与文学创作相互联系、相互包含、互为条件，除了前面所说的通过欣赏创作才最后完成，欣赏包含着创作，还表现在欣赏是推动文学创作的重要条件。创作本身就要考虑欣赏的规律、对象及其条件。

第一，文学欣赏有它的规律，那就是从生动丰富的感性形象中去领会它的内蕴，从而获得美的享受。文学创作必须适应这一规律，一方面要求它的内蕴必须体现在感性形式中，另一方面要求感性形式的某一个细节，都是为表现意蕴服务的，从而做到内容与形式的完美统一。读者在欣赏作品时，能够"披文入情""沿波讨源"。那种公式化概念化的作品，那种堆砌生活的表面现象的作品，都不符合欣赏的规律，不能成为真正的审美对象。

第二，作家创作时，总是自觉或不自觉地考虑自己的作品接受对象，从而使自己的创作适应一定的接受对象的要求。列夫·托尔斯泰说，艺术是表现自己体验过的感情，并使这种感情在读者心中重新唤起。作品能否唤起读者的感情呢？固然在它是否完整地体现在形象中，更重要的还在于它所表现的感情是否与读者的感情相通。

如果说，在创作过程中，欣赏规律、读者对象及其条件，还只是潜在地制约着作家的创作，那么，当作品创作出来之后，它就直接受读者欣赏的检验。如果它符合欣赏规律的要求，符合读者的精神需要、艺术趣味，就会受到读者的欢迎。如赵树理等一系列作家的创作的发展，都受到读者要求的影响。

第四章　英美文学的精神价值与意义

文学欣赏对于文学创作的推动作用，还表现在文学欣赏提高读者的欣赏水平，能调整读者的艺术趣味、欣赏习惯。"生产不仅为主体生产对象，而且也为对象生产主体""艺术对象创造出懂得艺术和能够欣赏美的大众"。当读者的欣赏水平提高了，艺术趣味、欣赏习惯调整了，又会对创作提出新的要求，这种新的要求，又会推动创作的发展，推动作家不断地进行革新和创造。

读者中包含着不同的阶级、阶层、社会集团，它们的精神需要、接受水平、艺术趣味、欣赏习惯是多种多样的。比如，在我国现阶段，广大读者的多种需要，造成了我国当代文学的多样化。当然，这个"多样化"应是以为人民服务、为社会主义服务为前提的。

还必须看到，读者的欣赏需求中，不仅在水平上有高低之别，在情感倾向、艺术趣味上也有着巨大的差别。读者的健康的、积极的精神需要和艺术趣味会对文学创作产生有益的影响，读者的庸俗的、低级的精神需要和艺术趣味则会对文学创作产生消极的影响。在西方世界，那种黄色的、低级的性文学，为什么那么泛滥？就是它们迎合了脑满肠肥的资产阶级的精神需要。作家创作这种作品，虽不能声名远播，却可腰缠万贯。因此，在创作上也就趋之若鹜。无论过去和现在，无论中国和外国，有社会责任感的作家，有人类良知的作家，对读者的欣赏需求，都应注意去适应又有所鉴别，而不是无区别地"迎合"和"媚悦"，这种"迎合"和"媚悦"会助长社会上的腐朽颓靡之风，同时也必然冲击健康文学的发展。

三、文学欣赏是一种审美精神活动

文学欣赏是一种审美精神活动,但它不同于阅读科学著作那样一种精神活动。阅读科学著作,读者也可以为它的内容丰富性、深刻性,逻辑的严密性、理论的系统性所折服,这些内容也引起读者的理性思考。读者可以获得知识,但不能得到美的享受。

欣赏文学作品就不同了,读者能进入作品的境界,感受到作品所描绘的人物和环境,与作者所肯定的人物同忧乐、共悲喜,为他的胜利感到高兴,为他的不幸感到悲哀,对于作者所否定的反面人物,则为它的失败而感到高兴。文学欣赏这种精神活动,固然不乏理性的思考,但主要是情感活动,是一种审美享受。

(一)作家在作品中提炼了自然美和社会美,并以完美的、感性的形式表现出来

读者在欣赏作品时,就感受到自然美和社会美,特别是感受到社会美中的人的精神美、性格美。因此,它能给读者以强烈的美感。如不少的文学作品中的那种死生不渝的爱情、那种崇高的友情,那种为国家、民族、人民利益而赴汤蹈火、百折不挠的奋斗精神和牺牲精神,怎能不使人心驰神往、感奋激励呢?在文学作品中,也会描绘不少丑恶的人物,但它是在作家的审美理想的观照下创作的,它同样是作家的审美理想的表现形式,因而读者在欣赏中,同样能获得美的享受。

（二）作家在审美创造中发挥了伟大的艺术才能

这种才能不仅表现在作家感受的独特性和认识的深刻性，还表现在按照美的规律创造出与内容相适应的完美的形式。它是作家的伟大的艺术才能的感性显现。人们欣赏这种作品，不仅因披文入情而感到愉悦，而且为作家的伟大的艺术才能所折服。对作家的出神入化的艺术创造拍案叫绝。屠格涅夫第一次阅读《安娜·卡列尼娜》后在给托尔斯泰的信中说："我读到安娜和儿子见面一场，竟怅然若失地让画书从手中掉落，心里自言自语，写得这样好，真的可能吗？"

（三）读者在欣赏中还能从作品中观照自身

费尔巴哈说："每一个人，在想望和热爱在对象中、在别的东西中的自己。"对象是对象，我是我，怎么会在对象中有我自己呢？费尔巴哈并未科学地回答这个问题。马克思提出了通过劳动实现人的本质对象化的思想，认为劳动产品是人的本质力量的感性显现。从这种观点出发，他把艺术（包括文学）看作"人的本质力量"的真实性。作家在作品中，通过对生活素材的提炼、创造、物化，表现了自己的本质力量。这种"本质力量"固然有其特殊性，但也能有普遍性。因此，读者在欣赏时，也能从中观照自己，获得情感的愉悦。马克思在谈到古希腊艺术时，深刻地阐述了这一思想，他说："困难不在于理解希腊艺术和史诗同一定社会发展形式结合在一起。困难的是，它们何以仍然能够给我们以艺术享受，而且就某一方面说还是一种规范和高不可及的范本？"他回答说："一个成人不能再变成儿童，否则就变得稚气了。但是，儿童的天真不使他感到愉快吗？他自己不该努力在一个更高的阶梯上把自己的真实再现出来吗？在每一个时代，它的固有的性格不是在儿童的天性中纯真地复活着吗？为什么历史上的人类童年时代，在它发展得最完美的地方，不该作为永不复返的阶段而显示出永久的魅力呢？……希腊人是正常的儿童，他们的艺术对我们所产生的魅力，同它在其中生长的那个不发达的社会阶段并不矛盾。"有的研究者认为这不是从历史唯物论而是从心理学出发所做的解释。诚然，这种解释不乏心理学的内容，但如果认为与历史唯物论无关，那就不妥当了。马克思说，成人不能再变成儿童，但儿童的天真，使他感到愉快，这是因为从个体的生命发展史来说，成人正是从儿童发展过来的，他虽然不能变成儿童，但儿童的天真、幼稚，仍然潜伏在他的性格中、他的天性中，因此他能从儿童的天真中直观自身的性格中的天真、幼稚，因而感到愉快。从人类的种族发展史来说，今天的人类与童年时代的人类比较起来，已经区别甚大。但仍然不能说毫无联系，通过传统的力量，通过遗传的作用，童年时代的人类天性仍然部分保存在今天人类的天性中，就天性来说，今天的人类与童年时代的人类，仍然是你中有我、我中有你，因此，今天的人类仍然从童年时代的艺术创造，直观自身天性或它的某些方面。"希腊人是正常的儿童"，它所创造的艺术，就人类童年时代的艺术说，它是最成熟的，因而对我们具有永久的魅力，仍能给我们以艺术享受。马克思的这一论述，对于我们理解过去的艺术何以能给我们以艺术享受具有重要的意义。

（四）在文学欣赏中，读者从自己的欣赏本身，也能获得情感的愉悦

作家经过艰苦的劳动创造了艺术美，但并不是所有人都能欣赏这种艺术美，都能领略得精细微妙。对于非音乐的耳朵，最美的音乐也没有意义。"操千曲而后晓声，观千剑而后识器"，只有具有较高艺术修养、鉴赏能力的人，才能在欣赏中领会作品的神韵和作者的神来之笔，从而获得情感的愉悦。我国美学家王朝闻说："包括我们对悲剧的欣赏，特别是对悲剧的欣赏所得来审美快感或愉快，既是美的客体所引起的，同时也意味着对审美主体自身的审美感受的赞许。在这样的意义下，不妨说审美的愉悦包括自我的欣赏——欣赏心灵高尚化的自我赞许或自我欣赏。因为我读悲剧《窦娥冤》所引起的审美感受是这样，所以我欣赏自己的这种自我欣赏。"这种看法是很有见地、富于独创性的。

四、文学欣赏是审美再创造、再评价

文学欣赏是一种审美性的精神活动，文学创作不也是一种审美性的精神活动，两者的区别在哪里呢？二者的区别在于：文学创作，它是从生活到艺术，具体地说，在社会实践中积累表象和情感——在创造性的想象中创造意象——艺术传达，即用语言把审美意象表达出来，把它物态化。而文学欣赏所走的路程与文学创作是一样的，但方向是相反的。它是从创作过程的终点开始的，即从文本的外在表现——审美意象——作者所反

映的生活所表达的情感。那么，在这一过程中，就同一作品来说，文学欣赏者与作家所获得的审美意象、所获得的审美价值是否一样呢？按中国传统的观点，欣赏是"披文入情"，在从作品的语言文字体会作品所表达的情感时，要"以意遂志"，即以己之意去体会作者的内心的情感。也就是说，读者在欣赏中所获得的，正是作者在作品中所表达的。西方的美学在很长时期内也一直持这种观点。克罗齐的观点就具有相当的代表性，他认为，审美欣赏与审美创造不仅所走的路径是一样的，审美的欣赏者与审美的创造者，在观点上、在所得的表现品的价值上，也都是一样的，欣赏与创造是同一的。

这种说法不符合实际。它把欣赏仅仅看作是准确体会作品所创造的审美价值。实际上，在文学欣赏中，对于作者所创造的审美意象要进行再创造、再评价。所谓"再创造"，是指欣赏者在披文入情的过程中所形成的审美意象与原作是一致的，又不是完全一致的，它总是有所修改、有所变动、有所补充。最能说明问题的是，不同的读者欣赏同一作品，所创造的审美意象是不同的。鲁迅说，作者用对话表现人物的时候，恐怕在自己的心目中，是存在着这人物的模样的，于是传给读者，使读者的心目中也形成了这人物的模样。"但读者所推荐的人物，却并不一定和作者所设想的相同，巴尔扎克的小胡须的清瘦老人，到了高尔基的头脑里，也许变成了粗蛮壮大的络腮胡子。"鲁迅还以欣赏《红楼梦》为例说："譬如我们看《红楼梦》，从文字上推荐了林黛玉这一个人，……

第四章 英美文学的精神价值与意义

恐怕会想到剪头发，穿印度绸衫，清瘦，寂寞的摩登女郎，或者别的什么模样，我不能断定。但是，和三四十年代前出版的《红楼梦图咏》之类里面的画像比一比罢，一定是断然两样的，那上面所画的，是那时读者心目中的林黛玉。"所谓"再评价"，是指作者在创作时，对于所描写的对象作了审美评价，这种审美评价作为情感倾向体现在创作的过程中，也体现在所创造的结果——形象体系之中。这种评价制约着读者的感情倾向，但读者对于这种评价不仅仅是被动地接受，他要思考、判断这种评价是否正确，是否合乎实际。也就是说，要进行"再评价"，这种"再评价"，可能与作者的相同，或部分有出入，也可能完全相反。再评价以再创造的形象为依据，再评价又反作用于形象的再创造。再评价与原作不同，再创造的形象也就与原作不同。不同的读者，对同一作品的同一形象的再评价不同，彼此头脑中所再创造的形象也就不会相同。英国诗人莎士比亚说："一千个读者就有一千个哈姆雷特。"我国美学家王朝闻在《论凤姐》一书中谈到《红楼梦》中的王熙凤时也说："一千个读者就有一千个王熙凤。"为什么文学欣赏一定是再创造、再评价呢？这就需要从欣赏中的主客体及其关系的特点来考虑。

　　作品或文本作为欣赏对象，它所创造的形象是确定的，又是不确定的。所谓"形象是确定的"，是指形象的主要特点及作者所表达的情感倾向，是确定的。它为欣赏中的想象提供了依据，规定了想象的范围和方向。"一千个读者就有一千个哈姆雷特"但不会把哈姆雷特混同于奥赛罗，

"一千个读者就有一千个王熙凤",但不会把王熙凤混同于林黛玉。所谓"形象的不确定性",包含着多方面的意思:一是文学是借语言来做雕塑描写的艺术,它的形象不是直接的而是间接的,读者要在领会语言意义的基础上,从自己的生活经验出发,去想象作者所塑造的形象,这一点,本书的第一章已作了分析。二是文学作品中的形象如许多其他艺术种类所创造的形象一样,它是"不似之似""不全之全""不完整的完整",这就需要读者在想象中去充实,去补充。如李贺的诗《南园十三首·其一》:"花枝草蔓眼中开,小白长红越女腮。可怜日暮嫣香落,嫁与春风不用媒。"写的是诗人家后园的情景。但只写了后园中有木本花和草本花,颜色有红有白,到黄昏时,这些娇艳的花朵都凋落了。至于南园春天的其他景象,均未描写,让读者自己去想象。三是文章或文学作品中,有各式各样的图景,它一步一步地把对象展示出来,给读者的感官显现出一个具体的东西。而每个图景只能展现一个角度,为了清晰地展现一个对象,则需要用许多这样的图景。正是在这种情况下,展现对象的图景,常常发生"撞车"现象。作家遇到这种情况,就需用"剪接法"把同时出现的情节线先后进行叙述。在这些互相重叠的图景之间,通常是无法被作者全部表现出来的,这就是说,在这些模式化的图景之间,留下了许多空门。正因为这样,西方的接受美学把文本所表现的称为"召唤结构",认为它留下了许多"空白点"或"不确定点",有的又称为"回旋余地"。这种"空白点"需要读者接受时"具体化"。

第五章 英美文学中的文化镜像

第一节 文学与风俗习惯

一、日常习俗的文学描绘

在文学的浩瀚星空中,文学作品不仅是情感的载体,更是社会风俗习惯的忠实记录者。它们以细腻的笔触,将不同历史时期、地域文化的日常习俗生动地呈现在读者面前,让我们得以穿越时空,感受那些已经远去或仍在延续的生活风貌。

(一)饮食习惯的文学印记

饮食习惯作为民俗文化的重要组成部分,在文学作品中往往被赋予丰富的象征意义和地域特色。简·奥斯汀的笔下,英国乡村生活的饮食习惯成了一幅温馨而细腻的画卷。她的作品中,早餐的丰盛、午茶的悠闲、晚餐的庄重,无不透露出当时英国乡村社会的生活节奏与审美情趣。这些饮食习惯不仅仅是满足生理需求的日常行为,更是社交礼仪、家庭情感乃至社会地位的重要体现。通过奥斯汀的描绘,我们仿佛能闻到那股从古老庄园中飘出的烤面包香，感受到那份属于英国乡村独有的宁静与和谐。

（二）服饰风格的文学镜像

服饰，作为人类文化的外在表现，其风格变化往往与时代的变迁紧密相连。在文学作品中，服饰不仅是人物形象的直观展示，更是社会风尚、审美观念及身份地位的象征。从古典文学到现代小说，服饰风格始终是作家们精心雕琢的对象。在奥斯汀的作品中，女士们的长裙、束腰、蕾丝手套，以及男士们的燕尾服、高筒靴，无不彰显着18世纪英国社会的优雅与礼仪。这些服饰细节不仅丰富了人物形象，也为我们勾勒出了一幅幅生动的时代画卷，让我们得以窥见那个时代的审美追求与生活风貌。

（三）居住环境的文学构建

居住环境是人物活动的重要场所，也是文学作品构建情节、营造氛围的关键因素。在文学作品中，作家们通过对居住环境的细致描绘，展现了不同地域、不同阶层人们的生活状态与精神世界。奥斯汀笔下的英国乡村，既有庄园别墅的宏伟壮丽，也有农舍小屋的朴素温馨。这些居住环境不仅反映了当时社会的物质条件与建筑艺术，也蕴含了人们对自然、家园的向往与依恋。奥斯汀通过细腻的笔触，将乡村的宁静、和谐与美好展现得淋漓尽致，让读者仿佛置身于那片充满诗意的田园之中。

（四）节日庆典的文学再现

节日庆典是民俗文化的重要组成部分，也是文学作品中的常客。它们以独特的仪式、丰富的活动和深厚的文化内涵,为文学作品增添了浓厚的节日氛围和人文色彩。查尔斯·狄更斯的《圣诞颂歌》便是对圣诞节庆典的文学再现的典范之作。在这部作品中,狄更斯以圣诞节为背景,通过一系列温馨感人的故事,展现了人性的善良、宽容与救赎。他笔下的圣诞节,不仅有华丽的装饰、丰盛的晚宴,更有家人团聚的温馨、邻里互助的友爱以及社会正义的呼唤。这些节日庆典的描绘,不仅让读者感受到了节日的欢乐与祥和,也引发了对生活、对人性的深刻思考。

文学作品中的日常习俗描绘,如同一幅幅生动而细腻的风俗习惯画卷,展现了不同历史时期、地域文化的独特魅力。它们以饮食习惯、服饰风格、居住环境和节日庆典为载体,将人类社会的丰富多彩与深刻内涵呈现得淋漓尽致。通过这些描绘,我们得以跨越时空的界限,感受那些已经远去或仍在延续的生活风貌与文化传统,进而加深对人类历史与文化的理解与认识。

二、婚丧嫁娶的文化意义

在文学的广阔天地里,婚丧嫁娶作为人生的重要仪式,不仅承载着个人与家庭的情感与责任,更蕴含着深厚的文化意义和社会价值。这些仪式在文学作品中被赋予了丰富的象征意蕴,成为探讨人性、情感、道德以及社会变迁的重要载体。

(一) 婚姻观念与婚姻制度的文学审视

婚姻，作为人类社会的基本制度之一，其观念与形式在不同历史时期、地域文化中呈现出多样化的特征。文学作品，尤其是以简·奥斯汀为代表的经典之作，对婚姻观念与婚姻制度进行了深刻的审视与反思。奥斯汀笔下的婚姻市场，是一个充满算计、比较与妥协的世界。她通过细腻的人物刻画和生动的情节安排，揭露了当时社会中婚姻背后的经济考量与对社会地位的追求，同时也对那种忽视情感与个性的婚姻观念进行了讽刺与批判。奥斯汀的作品让我们看到，婚姻不仅是两个人情感的结合，更是社会、经济、文化等多重因素交织的结果。她鼓励读者在追求婚姻的同时，也要重视个人的情感需求与独立价值，追求真正意义上的幸福与满足。

(二) 丧葬习俗与生死观的文学表达

丧葬习俗作为人类面对死亡的重要仪式，其背后蕴含着深厚的文化观念与生死哲学。在文学作品中，丧葬习俗往往成为探讨生死观、人性善恶观以及社会伦理的重要题材。艾米莉·勃朗特的《呼啸山庄》便是一部深刻反映丧葬习俗与生死观的杰作，小说中，死亡与复仇交织成一幅悲壮而凄美的画卷。通过对凯瑟琳与希斯克利夫之间复杂而扭曲的爱情故事的描绘，勃朗特展现了人类面对死亡时的无助与绝望，以及由此引发的深刻情感冲突与道德考问。她笔下的丧葬习俗不仅仅是对逝者的哀悼与告别,更是对生者情感与灵魂的深刻洗礼。这些描写让我们思考生与死的意义、爱与恨的力量,以及如何在有限的生命中追求真正的幸福与自由。

(三)婚丧嫁娶中的情感寄托与社会责任

婚丧嫁娶作为人生的重要仪式,不仅是个人情感的表达与释放,更是社会责任与道德规范的体现。在文学作品中,这些仪式往往成为人物性格塑造、情节发展的关键因素。通过婚姻,人们建立家庭、传承血脉、承担社会责任;通过丧葬,人们缅怀逝者、反思生命、强化家族与社会的凝聚力。文学作品中的婚丧嫁娶场景,不仅是对现实生活的再现,更是对人性、情感与社会关系的深刻挖掘与探讨。它们让我们看到,在这些看似平凡而又庄严的仪式背后,隐藏着人类共同的情感追求与道德理想。

婚丧嫁娶作为人生的重要仪式,在文学作品中被赋予了丰富的文化意义与情感价值。通过对婚姻观念与婚姻制度的审视、丧葬习俗与生死观的表达以及婚丧嫁娶中的情感寄托与社会责任的探讨。文学作品不仅展现了人类社会的多样性与复杂性,也引导我们深入思考生命的意义、人性的本质以及社会的未来走向。在这个过程中,我们不仅能够感受到文学作品的魅力与力量,更能够从中汲取智慧与启示,为自己的生活与成长提供有益的借鉴与指导。

三、习俗背后的社会变迁

在文学的深邃海洋中,风俗习惯如同一面镜子,不仅映照出个体与群体的生活面貌,更折射出社会变迁的波澜壮阔。文学作品以其独特的艺术手法,记录了习俗的演变轨迹,揭示了社会结构、价值观念以及身份认同的深刻变化。

(一)时代变迁与风俗习惯的文学记录

每一个时代都有其独特的风俗习惯,这些习俗如同时代的烙印,深深地刻印在人们的生活之中,并通过文学作品得以传承与记录。菲茨杰拉德的《了不起的盖茨比》便是对"爵士时代"这一特定历史时期风俗习惯的深刻描绘。小说中,盖茨比的奢华派对、上流社会的浮华生活以及人们对金钱与地位的狂热追求,无不展现出那个时代特有的风貌。菲茨杰拉德通过细腻的笔触,将"爵士时代"的奢华与空虚、繁荣与危机并存的复杂面貌展现得淋漓尽致,这些描写不仅让读者感受到了那个时代的独特魅力,也引发了对于社会变迁、人性弱点以及价值追求的深刻思考。

(二)习俗与社会等级的身份认同

风俗习惯不仅是社会生活的表现形式,更是社会等级与身份认同的重要标志。在文学作品中,作家们往往通过对习俗的描绘,揭示出不同社会阶层之间的差异与冲突。威廉·萨克雷的《名利场》便是一部深刻反映社交规则与阶层差异的杰作,小说中,作者通过细腻的社交场景描写,展现了上流社会对身份、地位与财富的极端重视,那些烦琐的礼仪、精致的服饰以及复杂的社交策略,无不成为人物身份认同的重要标签。萨克雷通过对这些习俗的刻画,不仅揭示了当时社会等级制度的森严与残酷,也批判了那种以名利为唯一追求的价值观念。他的作品让读者看到,在看似光鲜亮丽的社交背后,隐藏着人性的扭曲与道德的沦丧。

(三) 习俗变迁中的文化传承与创新

随着时代的变迁,风俗习惯也在不断地发生变化。这种变化既是对传统文化的传承与延续,也是对新的社会现实与文化需求的适应与创新。在文学作品中,作家们往往通过对习俗变迁的描绘,探讨文化传承与创新的关系。他们关注那些在时代洪流中依然坚守的古老习俗,也关注那些在新兴力量推动下诞生的新兴文化现象。这些描绘不仅展现了习俗变迁的丰富性与多样性,也反映了人类文化发展的动态过程。文学作品通过对习俗变迁的记录与反思,引导我们思考如何在尊重传统的基础上进行创新,如何在快速变化的社会中保持文化的连续性与稳定性。

风俗习惯作为社会生活的重要组成部分,在文学作品中扮演着举足轻重的角色。它们不仅是时代变迁的见证者,也是社会等级与身份认同的重要标志。通过对风俗习惯的描绘与反思,文学作品揭示了社会结构、价值观念以及人性弱点的深刻变化。同时,它们也为我们提供了思考文化传承与创新、社会变迁与人性追求的重要视角。在文学的广阔天地里，风俗习惯如同一座座桥梁，连接着过去与未来，让我们在回顾历史的同时，也能展望未来。

第二节　文学与历史记忆

一、历史事件的文学再现

在文学的浩瀚星空中，无数作品以其独特的艺术魅力，将历史的长河缓缓铺展在读者面前。这些作品不仅是对过往岁月的忠实记录，更是对历史事件深刻内涵的艺术挖掘与情感抒发。通过文学的笔触，历史事件得以跨越时空的界限，生动再现于人们的想象之中，成为连接过去与现在的桥梁。

（一）历史事件的文学描绘：以《亨利五世》为例

莎士比亚的《亨利五世》是文学再现历史事件的典范之作。该剧以英法百年战争为背景，通过亨利五世这一历史人物的形象塑造，生动展现了战争的残酷、英雄的崛起以及民族精神的凝聚。在剧中，莎士比亚巧妙地运用了戏剧冲突、人物对话以及场景转换等艺术手法，将历史的宏大叙事与个体的情感世界紧密结合，使得观众在感受战争波澜壮阔的同时，也能深刻体会到人性的光辉与复杂。通过《亨利五世》，莎士比亚不仅还原了历史事件的基本面貌,更赋予了其深刻的思想内涵与情感价值,让历史事件在文学的舞台上焕发出新的生命力。

(二) 历史人物的文学传记:沃尔特·司各特的《艾凡赫》与中世纪英雄

沃尔特·司各特的《艾凡赫》则是一部以中世纪为背景的传记式文学作品。在这部小说中,司各特以精湛的叙事技巧和丰富的想象力,塑造了一系列栩栩如生的中世纪英雄形象。艾凡赫作为小说的主人公,以其英勇无畏、忠诚正直的品质赢得了读者的喜爱与尊敬。通过艾凡赫的成长历程与冒险经历,司各特不仅展现了中世纪社会的风貌与习俗,更深刻揭示了人性的光辉与黑暗、荣誉与背叛、爱情与牺牲等永恒主题。在《艾凡赫》中,历史人物不再是冷冰冰的历史记载,而是有血有肉、有情有义的鲜活个体,他们的喜怒哀乐、悲欢离合,共同编织了一幅丰富多彩的中世纪历史画卷。

(三) 文学与历史记忆的交织

文学作品对历史事件与历史人物的再现,不仅仅是对历史的简单复制或模仿,更是一种创造性的艺术加工与情感表达。在文学的世界里,历史事件不再是孤立的时间节点或事件序列,而是被赋予了深刻的思想内涵与情感色彩。历史人物也不再是遥远的历史符号或抽象的概念,而是具有鲜明个性与复杂情感的生动形象。通过文学的再现,历史事件得以在人们的记忆中留下深刻的烙印,历史人物则成为跨越时空的精神偶像与文化符号。这种交织与融合，不仅丰富了文学的内涵与外延，也深化了人们对历史的理解与认识。

文学作品中的历史事件与历史人物的再现，是文学与历史记忆相互交织、相互影响的生动体现，它们以独特的艺术魅力与深刻的思想内涵，引导我们穿越时空的界限，去感受历史的厚重与深邃，去领悟人性的光辉与复杂。在文学的陪伴下，我们得以更加全面、深刻地认识历史、理解历史，并在历史的长河中汲取智慧与力量。

二、历史反思与批判

在文学的广阔领域里，作家们不仅记录着历史的轨迹，更以其敏锐的洞察力和深邃的思考力，对过往进行重新审视与批判。文学作品，作为历史记忆的另一种形式，往往承载着作者对历史、社会以及人性的深刻反思，为我们提供了独特的视角去审视过去，同时也为未来敲响警钟。

（一）未来社会的预警：乔治·奥威尔的《1984》

乔治·奥威尔的《1984》是一部极具前瞻性和批判性的作品，它以一种近乎恐怖的方式描绘了一个高度集权、信息监控无处不在的未来社会。在这个社会里，个人的隐私和自由被彻底剥夺，思想控制达到了前所未有的程度。奥威尔通过主人公温斯顿·史密斯的遭遇，展现了集权统治下人性的扭曲与挣扎，以及对自由与真理的渴望。这部作品不仅是对未来社会可能走向的一种预警，更是对当时社会现实的深刻批判。它提醒我们，在追求技术进步和社会发展的同时，必须警惕权力的滥用和对人性的侵蚀，保持对自由、民主和人权的坚定信念。《1984》以其独特的文学形式和深刻的思想内涵，成为历史反思与批判的经典之作。

（二）人性弱点的揭露：爱伦·坡的短篇小说

作为美国短篇小说的先驱，爱伦·坡的作品常常以恐怖、悬疑为主题，但背后却蕴含着对人性弱点的深刻揭露。在他的短篇小说中，人性的贪婪、嫉妒、恐惧等负面情绪被放大到极致，成为推动情节发展的关键因素。这些故事不仅让读者在紧张刺激的情节中感受到恐惧与震撼，更引发了对人性本质的深刻思考。爱伦·坡通过他的笔触，揭示了即使在看似正常或美好的表象之下，人性中的阴暗面也可能随时爆发出来，造成不可预知的后果。这种对人性弱点的揭露，不仅是对历史的一种反思，更是对现实社会的警示。它提醒我们，在追求个人利益和幸福的同时，必须保持清醒的头脑和善良的心灵，警惕自己内心深处的恶念和欲望，以免走上不归之路。

（三）文学与历史记忆的交织：反思与批判的力量

文学作品之所以具有如此强大的生命力，不仅在于它们能够生动地再现历史场景和人物形象，更在于它们能够超越时空的限制，对历史和现实进行深刻的反思与批判。这种反思与批判的力量，源于作家们对人类命运的深切关怀和对社会进步的不懈追求。他们通过文学作品，揭示了历史的真相与谎言、人性的光辉与阴暗、社会的进步与倒退,引导我们思考如何避免重蹈覆辙、如何走向更加美好的未来。在这个过程中,文学作品成为历史记忆的重要组成部分,它们不仅记录了过去的辉煌与苦难,更传递了未来的希望与梦想。

文学作品中的历史反思与批判是文学与历史记忆交织的重要体现。它们通过独特的艺术形式和深刻的思想内涵,为我们提供了重新审视历史、理解现实、展望未来的重要视角。在这个过程中,我们不仅能够感受到文学作品的魅力与力量,更能够从中汲取智慧与启示,为自己的生活和成长提供有益的借鉴与指导。

三、历史与现实的交织

在文学的浩瀚宇宙里,历史与现实并非孤立的两极,而是相互交织、相互影响的动态存在。文学作品,作为连接过去与未来的桥梁,不仅承载着对历史的记忆与反思,更在不断地与现实生活进行着深刻的对话。这种交织与对话,不仅丰富了文学的内涵,也为我们理解历史、把握现实提供了独特的视角。

(一)历史背景与现实生活的关联:以《无名的裘德》为例

托马斯·哈代的《无名的裘德》是一部深刻反映工业革命时期社会变迁与个人命运交织的杰作。小说以19世纪末的英国乡村为背景,通过主人公裘德·费洛的人生经历,展现了工业革命对传统社会结构和价值观念的冲击与重塑。哈代巧妙地将历史背景融入人物命运之中，使读者在感受个人悲剧的同时，也能深刻体会到时代变迁的洪流对个人生活的深远影响。在这部作品中，工业革命不仅带来了技术的进步和生产的繁荣，也加剧了社会的不平等和阶级分化，使得像裘德这样的底层人民在追求梦想与幸福的过程中遭遇了重重困难与挫折。这部作品不仅是对工业革命时期社会现实的真实写照，也是对那个时代人们精神困境的深刻剖析。它让我们看到，历史背景与个人命运之间存在着千丝万缕的联系，而文学作品正是通过这种联系，将历史的厚重与现实的鲜活紧密结合在一起。

（二）历史记忆在文学中的传承与创新：艾略特的诗歌探索

作为20世纪最重要的英语诗人之一，艾略特的诗歌创作充满了对古典与现代元素的融合与创新。艾略特深谙历史记忆对于文学创作的重要性，他善于从古典文学中汲取灵感，同时又将现代社会的复杂性与多样性融入其中，创造出一种既具有深厚文化底蕴又充满时代气息的诗歌风格。在他的诗歌中，古典神话、历史故事、文学典故等元素被巧妙地重新编排与组合，形成新的意义与审美体验。这种传承与创新不仅展示了艾略特对文学传统的尊重与继承，也体现了他对现代社会的敏锐洞察与深刻反思。艾略特的诗歌作品，如同一面镜子，既映照出历史的深邃与广阔，也折射出现实的复杂与多变。它们让我们看到，历史记忆在文学中的传承并非简单地复制与模仿，而是一种创造性的转化与升华，它使得文学作品能够跨越时空的界限，与不同时代的读者产生共鸣与对话。

（三）历史与现实的交织：文学中的时空对话

文学作品中的历史与现实交织，实际上是一种时空对话的体现。这种对话不仅发生在作家与过去的历史之间，也发生在作品与当下的现实之间。作家们通过文学作品，将历史的记忆与现实的感受相融合，创造出一种超越时空的艺术境界。在这种境界中，历史不再是遥远的过去，而是与现实紧密相连、相互影响的动态存在，现实也不再是孤立无援的当下，而是可以从历史中汲取智慧与力量的丰富源泉。文学作品中的这种时空对话，不仅丰富了我们的审美体验，也深化了我们对历史与现实关系的理解，它让我们意识到，无论是过去还是现在，无论是历史还是现实，都是人类经验的重要组成部分，它们之间存在着不可分割的联系与互动。通过文学作品中的时空对话，我们能够更加全面地认识自己、理解世界，并在历史的传承与现实的创新中寻找到属于自己的位置与价值。

第三节 文学与地域特色

一、英格兰地域文化的多样性

英格兰，这片古老而充满活力的土地，孕育了丰富多样的地域文化，这些文化特色在文学作品中得到了淋漓尽致的展现。从繁华喧嚣的都市伦敦，到宁静悠远的乡村田园，再到独具风情的苏格兰高地，每一处地域都以其独特的韵味,滋养着文学创作的土壤,形成了各具特色的文学流派与风格。

(一) 地域风貌的文学镜像

在英格兰的文学版图上,不同地区的自然风光、社会风貌与人文历史,成了作家们笔下不可或缺的素材。威廉·华兹华斯作为湖畔诗派的代表人物,其作品深刻体现了英格兰西北部湖区那清新脱俗、宁静致远的自然风光。在他的诗歌中,山川湖泊、草木花鸟仿佛都有了生命,与诗人的情感融为一体,共同构建了一个远离尘嚣、回归自然的理想世界。这种对自然美的极致追求,正是湖畔诗派区别于其他文学流派的重要标志,也是英格兰地域文化在文学中的生动体现。

与此同时,苏格兰以其独特的地理位置和历史背景,孕育了具有鲜明民族特色的启蒙文学。苏格兰启蒙文学不仅继承了欧洲启蒙运动的思想精髓,更融入了苏格兰人民对自由、平等、理性的不懈追求。在这一文学潮流中,作家们以犀利的笔触批判封建专制与宗教迷信,倡导科学理性与人文主义精神,为苏格兰乃至整个欧洲的文化发展贡献了宝贵的精神财富。苏格兰启蒙文学的繁荣,不仅彰显了苏格兰地域文化的独特魅力,也为世界文学的发展注入了新的活力。

(二) 地域文化对作家创作风格的影响

地域文化不仅为文学创作提供了丰富的素材与灵感,更在潜移默化中塑造着作家的创作风格。劳伦斯便是这样一个深受地域文化影响的作家。他的作品中，诺丁汉郡的风土人情、民俗习惯乃至方言俚语都被巧妙地融入其中，使得作品充满了浓郁的地方色彩和生活气息。劳伦斯对诺丁汉郡的深情厚谊，不仅体现在他对故乡自然风光的细腻描绘上，更体现在他对故乡人民性格特征的深刻洞察与刻画上。他笔下的诺丁汉郡人，既有着坚韧不拔、勤劳朴实的传统美德，又有着追求自由、勇于反抗的精神风貌。这种对地域文化的深刻挖掘与表现，使得劳伦斯的作品具有了独特的艺术魅力和深远的社会意义。

（三）地域文学的多彩交响

英格兰地域文化的多样性，在文学领域得到了充分的展现。从湖畔诗派的清新脱俗，到苏格兰启蒙文学的理性光辉，再到劳伦斯作品中的乡土情怀，每一部作品都是对特定地域文化的独特诠释与表达。这些作品相互交织、相互影响，共同构成了英格兰地域文学的多彩交响。它们不仅展示了英格兰不同地区的文化风貌与特色，更传递了英格兰人民对生活的热爱、对自由的向往以及对人性的深刻洞察。正是这种地域文化的多样性，赋予了英格兰文学以无限的魅力和生命力，使其在世界文学之林中独树一帜、熠熠生辉。

二、美国地域文化的广阔画卷

美国这个由众多移民和多元文化构成的国度，其地域文化的多样性在文学作品中得到了淋漓尽致的展现。从东海岸的新英格兰，到南部的温暖大地，再到广袤无垠的西部边疆，每个地区都以其独特的自然风光、社会风貌和历史传统，孕育了各具特色的文学流派与作品。这些作品不仅描绘了美国地域文化的多彩面貌，更深刻地反映了民族融合与文化碰撞的复杂过程。

（一）地域文学的斑斓色彩

新英格兰，作为美国文化的发祥地之一，其文学特色深受清教徒传统和殖民历史的影响。这里的文学作品往往以深刻的思想性、严谨的结构和优美的语言著称，如爱默生的超验主义哲学散文、霍桑的心理小说等，都展现了新英格兰人对于精神世界的探索与追求。而南部文学，则以其独特的乡土气息、浓郁的情感表达和丰富的民间传说而著称。这里的作家们擅长描绘南方庄园的繁华与衰落、黑奴制度的残酷与反抗，以及南方人民复杂多变的情感世界。马克·吐温的《哈克贝利·费恩历险记》便是一部典型的美国南部文学作品，它通过对密西西比河流域风情的生动描绘，展现了美国南方社会的多样性和复杂性。

西部文学，则是美国文学中最具开拓精神和冒险精神的一部分。随着西部边疆的不断拓展，无数探险者、牛仔、矿工和移民涌入这片广袤的土地，他们的传奇故事和英雄事迹成了西部文学的重要素材。西部文学作品往往以粗犷的笔触、激烈的冲突和壮丽的自然景观为特点，展现了西部人民勇敢、坚韧、乐观的精神风貌。这些作品不仅丰富了美国文学的内涵，也向世界展示了美国西部独特的文化魅力。

（二）地域文化与民族融合的文学探索

美国地域文化的多样性，在很大程度上源于其民族的多元性。从欧洲移民到非洲裔、亚裔、拉丁裔等各族裔的融入，使美国成为一个文化大熔炉。这种民族融合的过程，在文学作品中得到了深刻的反映和探讨。玛雅·安吉罗的诗歌，便是其中杰出的代表。作为非裔美国人的杰出诗人，安吉罗的作品充满了对种族身份、文化认同和社会正义的深刻思考。她的诗歌以强烈的情感、生动的意象和独特的语言风格，展现了非裔美国人在美国社会中的生存状态与心灵挣扎。通过对个人经历与家族历史的回顾，安吉罗不仅表达了对非洲文化的自豪与传承，也表达了对美国社会种族歧视与不公的不满与抗争。她的诗歌，是对非裔美国人身份探索的文学见证，也是对美国多元文化融合过程的深刻反思。

（三）地域文学与美国精神的共鸣

美国地域文化的多样性，不仅丰富了美国文学的内涵，也促进了美国精神的形成与发展。从独立战争时期的英勇抗争，到西部开发时期的开拓进取，再到现代社会的多元共融，美国精神始终贯穿着对自由、民主、平等和创新的追求。这种精神在地域文学中得到了生动的体现与传承。无论是新英格兰的理性思考、南部的情感表达，还是西部的冒险精神，都蕴含着美国人民对美好生活的向往与追求。这些文学作品，不仅是地域文化的展示窗口，更是美国精神的生动写照。它们以独特的艺术形式和深刻的思想内涵，激发了美国人民的爱国热情与民族自豪感，也为世界文学的发展贡献了宝贵的财富。

三、地域特色与文学主题的关联

地域特色作为文学创作中不可或缺的元素，不仅为作品提供了丰富的背景与场景，更深刻地影响着文学主题的构建与表达。从广袤的自然风光到繁华的都市景象，从遥远的边疆地带到深邃的内心世界，地域特色以其独特的魅力，与文学主题紧密相连，共同编织出一幅幅生动而复杂的文学画卷。

（一）地域环境对文学主题的塑造作用

地域环境作为文学创作的土壤，对文学主题的塑造具有决定性的影响。梭罗的《瓦尔登湖》便是这一影响的典范之作。在这部作品中，瓦尔登湖及其周边的自然环境成为梭罗表达自然主义思想的重要载体。梭罗通过对湖畔生活的细致描绘，展现了自然之美与人的心灵净化之间的紧密联系。他笔下的瓦尔登湖，不仅是一个具体的地理坐标，更是一种精神象征，代表着远离尘嚣、回归自然的理想生活状态。这种自然主义思想的呈现，正是地域环境对文学主题深刻塑造的体现。在瓦尔登湖的宁静与纯净中，读者能够感受到自然的力量与美好，进而引发对人与自然关系的深刻思考。

同样，城市作为另一种典型的地域环境，也在文学作品中扮演着举足轻重的角色。城市以其独特的建筑风貌、人口结构、社会氛围等特征，为文学主题的构建提供了丰富的素材与灵感。菲茨杰拉德的笔下，纽约市成为"爵士时代"的象征。这个时代的纽约，既是一个经济繁荣、文化昌盛的国际大都市，又是一个道德沦丧、物欲横流的社会缩影。菲茨杰拉德通过对纽约市繁华景象与阴暗面的深刻描绘，展现了"爵士时代"人们追求物质享受与精神空虚之间的矛盾与冲突。这种文学主题的构建，正是地域特色与时代背景相互交织、相互作用的结果。

（二）地域特色在文学中的象征意义

地域特色不仅直接塑造着文学主题，还常常在文学作品中承载着丰富的象征意义。这些象征意义往往超越了地域本身的限制，成为一种普遍的文化符号与情感寄托。在菲茨杰拉德的"爵士时代"纽约市中，这座城市的繁华与奢靡，不仅是对当时社会现实的真实反映，更是对人性中贪婪、虚荣等弱点的深刻揭示。纽约市的象征意义，在于它作为一个时代的缩影，揭示了人们在追求物质享受的过程中所付出的精神代价。这种象征意义的挖掘与呈现，使得文学作品具有了更加深远的文化意蕴和社会价值。

此外，地域特色在文学中的象征意义还体现在对人物性格与命运的塑造上。例如，在西部文学中，广袤的边疆地带常常被赋予了自由、勇敢、坚韧等象征意义。这些象征意义不仅塑造了西部文学中典型的人物形象，如牛仔、探险家等，也深刻地影响了人物的性格发展与命运走向。在西部文学的广阔舞台上，人物与地域之间的紧密联系，使得作品的主题更加鲜明、深刻，同时也为读者提供了更加丰富的审美体验与情感共鸣。

地域特色与文学主题之间存在着密切的关联。地域环境不仅为文学创作提供了丰富的素材与灵感，更深刻地影响着文学主题的构建与表达。同时，地域特色在文学中还具有丰富的象征意义，这些象征意义超越了地域本身的限制，成为一种普遍的文化符号与情感寄托。因此，在探讨文学作品时，我们不可忽视地域特色对其主题与意蕴的深刻影响。

四、地域文学传统的形成与发展

地域文学传统作为特定地域文化的重要组成部分，其形成与发展是一个复杂而多元的过程。这一过程不仅受到地理环境、历史背景、社会结构等外部因素的影响，还深深植根于当地人民的生活方式、情感表达与审美追求之中。以下将从地域文学传统的形成机制及其随时间的演变与相互影响两个方面进行探讨。

（一）地域文学传统的形成机制

特定地域之所以能够形成独特的文学传统，往往源于其独特的文化土壤和文学资源。以苏格兰文学为例，其深厚的民间传说与神秘主义元素构成了苏格兰文学传统的重要基石。苏格兰的民间传说，如亚瑟王与圆桌骑士的故事、凯尔特神话等，不仅为文学创作提供了丰富的素材，也赋予了苏格兰文学以独特的神秘色彩和浪漫情调。这些传说经过历代文人的加工与再创造，逐渐形成了苏格兰文学中独特的叙事风格和审美趣味。同时，苏格兰文学还深受基督教神秘主义思想的影响，这种思想在文学作品中表现为对超自然力量的探索、对人性的深刻剖析以及对生命意义的终极追问。这种融合了民间传说与神秘主义元素的文学传统，不仅展现了苏格兰文化的独特魅力，也为世界文学的发展贡献了宝贵的财富。

（二）地域文学传统的演变与相互影响

地域文学传统并非一成不变，而是随着时间的推移和社会的发展而不断演变。在这一过程中，地域文学传统不仅受到内部因素的驱动，还受到其他文学流派和外来文化的影响。以美国南方文学为例，其从"文艺复兴"到当代文学的转型经历，便是地域文学传统演变的一个生动例证。

在"文艺复兴"时期，美国南方文学以其独特的南方风情、优雅的语言和深刻的主题吸引了广泛的关注。这一时期的美国南方文学作品，往往以南方庄园为背景，描绘了南方贵族的优雅生活与复杂情感。然而，随着美国社会的变迁和南方经济的衰落，美国南方文学也开始发生深刻的变化。到了20世纪，美国南方文学逐渐摆脱了传统的束缚，开始关注更广泛的社会问题和人性探索。这一时期的美国南方文学作品，不仅继承了传统美国南方文学的优雅与细腻，还融入了现代主义的实验精神和后现代主义的多元视角，呈现出更加复杂和多元的艺术风貌。

在地域文学传统的演变过程中，不同文学流派之间的相互影响也是不可忽视的因素。美国南方文学与欧洲文学、非裔美国文学、拉丁美洲文学等之间的交流与融合，不仅丰富了其内涵与表现形式，也促进了全球文学文化的交流与互鉴。这种跨地域、跨文化的文学交流，不仅推动了地域文学传统的创新发展，也为世界文学的繁荣与发展注入了新的活力。

地域文学传统的形成与发展是一个复杂而多元的过程。它既是特定地域文化的重要体现，也是文学演进中的重要力量。在探讨地域文学传统时，我们应关注其形成机制、演变过程以及与其他文学流派之间的相互影响，以更加全面和深入地理解地域文学传统的独特魅力和文化价值。

五、全球化背景下的地域文学新视角

在全球化的浪潮中，地域文学作为文化多样性的重要载体，正经历着前所未有的变革与挑战。这一进程不仅促进了跨文化交流的新视角与创作灵感的涌现，也促使地域文学在全球化语境下寻求保持其独特性和文化身份的新路径。

（一）全球化进程对地域文学的影响

全球化以其不可阻挡的势头，打破了地域之间的界限，促进了文化、经济、科技等多方面的交流与融合。对于地域文学而言，全球化既带来了机遇，也带来了挑战。一方面，全球化使得地域文学有机会走出本土，与世界各地的文学作品进行对话与交流,从而拓宽了文学创作的视野与思路。跨文化交流为地域文学注入了新的活力与灵感,促使作家们以更加开放和包容的心态去审视和表现自己的文化传统与现实生活。另一方面,全球化也加剧了文化同质化的风险,使得地域文学面临着被边缘化或同化的威胁。如何在全球化的大潮中保持地域文学的独特性和文化身份,成为摆在作家和研究者面前的重要课题。

(二)跨文化交流带来的新视角和创作灵感

跨文化交流为地域文学带来了前所未有的新视角和创作灵感。随着全球化的深入发展,不同地域、不同文化之间的界限逐渐模糊,文学作品中的主题、题材、风格等也呈现出多元化的趋势。作家们开始关注并借鉴其他地域文化的元素与特点,将其融入自己的创作中,从而创作出具有跨文化特色的文学作品。这种跨文化的融合不仅丰富了地域文学的内涵与表现形式,也促进了全球文学文化的交流与互鉴。同时,跨文化交流还促使作家们以更加广阔的视野去审视和反思自己的文化传统与现实生活,从而创作出更加深刻和具有时代感的文学作品。

(三)地域文学在全球化语境下的独特性与文化身份坚守

在全球化语境下,地域文学要保持其独特性和文化身份,并非易事。然而,一些地域文学通过不断探索与实践,成功地找到了在全球化大潮中坚守独特性的路径。以加拿大文学为例,其双语现象和多元文化融合为地域文学在全球化语境下保持独特性提供了有益的借鉴。加拿大作为一个多民族、多文化的国家，其文学作品自然而然地反映了这种多元文化的特点。加拿大作家们不仅关注本土文化的传承与发展，还积极吸收和借鉴其他地域文化的精华，从而创作出具有鲜明地域特色和跨文化特色的文学作品。同时，加拿大文学还注重通过双语创作来强化其文化身份和独特性。这种双语现象不仅促进了英语和法语两种语言文化的交流与融合，也为加拿大文学在国际舞台上赢得了更多的关注和认可。

全球化背景下的地域文学正面临着前所未有的变革与挑战，然而，正是这些变革与挑战为它的发展提供了新的机遇与可能。通过跨文化交流带来的新视角和创作灵感，以及自身在全球化语境下的独特性与文化身份坚守，地域文学得以在全球化的大潮中焕发出新的生机与活力。未来，随着全球化的深入发展，地域文学将继续发挥其独特的作用与价值，为世界文学的繁荣与发展贡献更多的力量。

参考文献

[1] 孟佳莹. 多元视域下的英美文学研究 [M]. 北京：新华出版社, 2023.

[2] 高瑞芳. 英美文学素养培养与教学研究 [M]. 长春：吉林出版集团股份有限公司, 2022.

[3] 陈倩. 基于生态思想的英美文学多维研究 [M]. 北京：中国农业出版社, 2020.

[4] 杨苗. 英美文学理论研究 [M]. 长春：吉林出版集团股份有限公司, 2020.

[5] 丁芸. 英美文学研究的新视野 [M]. 长春：吉林出版集团股份有限公司, 2020.

[6] 刘月. 多元文化视野下的英美文学研究 [M]. 北京：中国戏剧出版社, 2022.

[7] 薛岩, 李鸥. 英美影视文学和文化研究 [M]. 长春：吉林出版集团股份有限公司, 2021.

[8] 李艳, 王乐, 马强. 英美文学与西方文论融合研究 [M]. 长春：吉林出版集团股份有限公司, 2021.

[9] 任冰, 武海平. 人文思想视角下的英美文学研究 [M]. 长春：吉林

文史出版社,2021.

[10] 张旭,张跃军.西方文论视野中的英美文学经典[M].北京:清华大学出版社,2021.

[11] 倪楠.全球化语境下英美文学与英语教学的交融研究[M].长春:吉林出版集团股份有限公司,2021.

[12] 徐刚.高校英美文学教学理念与模式研究[M].天津:天津人民出版社,2021.

[13] 郭静.跨文化视域下的英美文学研究[M].长春:吉林大学出版社,2021.

[14] 段绍俊.全球化背景下的英美文学研究[M].北京:新华出版社,2021.

[15] 韦丽华.现代视角下的英美文学研究[M].北京:现代出版社,2021.

[16] 魏兰,陈路林,郑沛.英美文化与文学翻译[M].南昌:江西科学技术出版社,2020.

[17] 薛秀真.浅谈英美文学的审美传统和文化气质[J].中国民族博览,2023(24):20-22.

[18] 陈静.英美文学作品中的语言艺术探讨[J].名家名作,2022(12).

[19] 薛燕.英美文学翻译中的语境文化因素[J].中国民族博览,2023(24):235-237.

[20] 鲁艳华. 英美文学中的茶文化 [J]. 福建茶叶, 2024(3): 147-149.

[21] 胡铁生, 张立峰. 高等教育中的英美文学意识形态导向 [J]. 天津外国语大学学报, 2024(3): 36-45, 110-111.